猛犸象诗刊

选粹

宋心海◎主编

上海文艺出版社

目　录

盖亚行星指南

艾蔻

雾霾中的银杏树
孑然而立，我透过窗户观察
灰蒙蒙之间
金黄色的叶子有何不同

手持矢车菊的火星生物
如果有人坚称他亲眼见过
那么你和他之间
必有一位悬浮于梦中

我每天吃饭
默默咀嚼着星球碎片
我每天路过它们
像路过另一个世界

终于，一切都安静下来

安海茵

终于，一切都安静下来
灵魂的拓本在夜里兀自呜咽
幽咽了迢遥的另一重

骨头缝里的呻吟
岔路上的辗转
我的积雪的山峦
表里澄澈　明河共影

岁月不是我的
原野不是我的
每一条道路都不是我的
我的褡裢是如此的轻
容不下一块补丁

探望

白海

小时候，你早早把一缕曦光
安顿在摇篮里。屋檐下，晾晒完
一桶衣裳，便扛起锄头
走进冰雪田地

每每顶着阴雨回家，你把一阵山风
搂在怀里。一边瞭望天色向晚
一边叮嘱儿女
如何踩稳脚下的泥

又到周末。柳枝无力抓住河岸
老屋的上空，炊烟已然远去
老家，俨然一座内心的空城

狭窄的瓦房里，陈墙上
有无数双渴望爬起的眼睛
而屋外——
已是一个无计可施的人间

瓦房村的落日

百泉

瓦房村的落日
被高高的天线划开一道血红的口子

它每一次下沉
都让我想到人世的晚景
和那些刚刚
沉到地平线下的人们

它每一次彻底隐去面孔
都让我手足无措，瓦房村的落日
我从不奢望再升起

雪与铁

包临轩

当雪在大地铺开，犁与剑的沉着
更像是不动声色。
雪落的过程，和落下后的无垠
没有任何响动

那些铁器，从前何等锋利
此刻，只以斑斑锈迹，和雪
保持着默契

这就是冬天！风在雪上面，徒然地奔走
无法吹散遍地银色
即使雪是轻盈的，即使它随时化作片片白羽

铁器，隐身于雪下
似乎也是安静的。但锈迹
铁的一层外衣，似乎可以随时褪下
期待的，不过是某个契机
和一场新的磨砺

这大地的牙齿，可以撕碎踏来的铁蹄

或者，重铸为一柄柄倚天长剑
斩立决，裁天地

但现在，只有无际涯的雪
覆盖冻馁的植被
雪之下，散落的冷兵器们一声不吭
等着
破雪而出

蚯蚓

布日古德

一个空前绝后的诱饵
垂钓于人世

但我更想知道
这是谁的血管，跌落于
父亲、母亲厮守的土地上
让荞麦花有了血色
让高粱穗有了底气
让谷个子更粗、糜个子更壮

答案在一场大雨之后
我一条腿跪着
把泥土里爷爷、老爹
请到拔节、秀穗、扬花彩排的大舞台

词的作用力

曹兵

一个词从昨天走到今天
一个词如枯草跌落，在大风中飘荡
大风公平，昨天向南，今天向北
枯草不可能回到原来的位置
一个词就不能诠释最初的本义
照耀大地的
太阳，隐于云层后面
松软的土地重新封冻
这一切，都发生在春天
歌颂者捧上鲜花，有人扔掉火把
我找不到取暖的煤块
我捡起在大风里掉落的树枝
投入火炉，像我们的祖先
钻木取火。而古老的绳索早已风化
我忙于修补，还是不能结绳记事
也不能将一个词，从悬崖之下
打捞上来……

蒙古马

车延高

是另一种风，被骄傲的马蹄吹动
在草尖上追风
驰骋，蹄音裂帛
在静观其变的戈壁石上拓展疆土
烽火剿灭了狼烟
累死过马厩，驿站，古道
藐视挣断时间的速度，大漠孤烟
只是一根缰绳
黄沙百战，铠甲卧血，锈色里开出无名的花
长河落日，多像一粒种子
长成村庄、部落、城郭
后来，岁月把蒙古马拴在草根上
去远方的路不休息，蹄音
就在马头琴的琴弦上

断章

长安瘦马

我曾在一个冬天驱车去陕北
透过车窗我见到崖畔上
有孔废弃的窑掠过的刹那
我看见窑窗上斑驳了色彩的剪纸
一半紧紧抱住窑窗，
一半在风中挣扎
窑洞的不远处，
有一座竖起的新坟
坟上的白幡还在呼啦啦地
诉说着人间的哀伤
这人间的新与旧，
我在车中瞬间掠过

松花江上

陈爱中

冬天是酿造分裂的机缘，寒冷是固执的
遮蔽弥漫开来，情绪是脸谱的谎言
驴鸣是一团蒸汽，落叶无辜地奔跑
寒霜的装饰，果然重如飞鸿
疼痛让界限分明，鱼静止，悬挂的气泡
死就不相往来。连翘会在岸边等待，枯骨
缓慢生长，窃笑在流淌
老江桥的凝视让思想尴尬，沉默是故事
想说什么？呈现让慷慨佝偻。不如，抚摸
午后的时光。原来，坠落是认真的

玉兰花

陈浮

三月的夜，天空很蓝很蓝
那些喧闹中寂静的花儿
一朵一朵肃立不动
或是在左左右右的风里
依次吐露心声

现在，我把自己轻轻地
放进玉兰的白里，躬身敬拜
我是想，在干净的白里
活得祥和圣洁，这样
才有暖
在近处，忽隐忽现

看淡

陈华美

拉长的目光被切割
总是在夜晚闪亮
掩盖了
无需辩解的有些事物

糊涂有时比揭晓的结果好
落满纸上的文字
我总是"没有看见"

生活也会被阳光绞痛
手无寸铁,
连捶打天空的气力都没有
暂且靠近一座山
挚爱的雨水
清澈,一条没有边际的河

雅鲁藏布

陈人杰

整个下午，我在岸上静坐

潮来往，云卷舒，渐渐地我变成了漩涡

被沉默无声的湍急收藏

我要感谢这宽广的河床，以及谜一样的眼睛

伟大的爱，是一种可以触摸的命运

一滴水珠就是数个世纪。而我的生命仿佛是

另一条长河，畅游着不知疲倦的鱼儿

撒着死亡那不可捉摸的网

水草、摇晃的皱纹和盐的味道

当我再一次端视，雅鲁藏布奔流

高原如码头，如词语们歇脚的厚嘴唇

太平湖的符号

陈荣来

太平湖的符号，在于静谧
在于蒸腾出的氤氲。群山万壑之间
一处一个模样
一个转身，一种风情。
采茶的背篓，拒绝喧哗
太平湖以烟波浩淼的水势
——收纳
纷至杳来的俗事凡尘。
掬起一捧清波的人，放下疲惫
又胸怀一片锦绣江山

立夏 那种花让你直接想到果实

陈泰灸

饭是主食
食材是几种法定植物的果实
人类文明的标志是用火
那种能烧死自己又能烤熟动植物的味道叫香
五谷也在不停地变化
杂粮更是在古今中外上下五千年不断奔赴战场
而漫山遍野的花朵
曾是许多民族的遍休鳞伤
细数亚细亚的图腾
大多是吃花草的绵羊和吃绵羊的狼
而欧罗巴的盾牌上
族徽多数带剑和标枪
江南的剑是书生谈恋爱的标配
江北的高粱再怎么疯长
也长不成红缨枪
罗密欧和朱丽叶在仲夏夜仅有玫瑰花是不够的
梁山伯祝英台化蝶可能有孕育后代的欲望
在惊蛰一起醒来的很多都只想到花朵
其实只有到了谷雨
才能种下秋天打粮的种子

毋庸讳言

酒足饭饱我们需要花朵的鲜艳

而我却一直惦记着马铃薯

那紫色的花朵告诉人们

什么叫粮食

立夏了

各种花朵开始坦白

堂口观燕

陈先发

自古的燕子仿佛是
同一只。在自身划下的
线条中她们转瞬即逝

那些线条消失
却并不涣散
正如我们所失去的
在杳不可知的某处
也依然滚烫而完整

檐下她搬来的春泥
闪着失传的金属光泽
当燕子在

凌乱的线条中诉说
我们也在诉说，但彼此都
无力将这诉说
送入对方心里

我想起深夜书架上那无尽的

名字。一个个
正因孤立无援
才又如此密集

在那些书中，燕子哭过吗
多年前我也曾
这样问过你
而哭声，曾塑造了我们

沉睡的谷粒

翅膀

在土地里，提炼金子的过程
我先忍住不说

深秋。只有这些受过碾压的文字
测量过那场扬起的高度
那颗颗沉重的心，一旦落下
就会产生千万吨的重

鸟雀搬不动，蚂蚁搬不动
父亲搬得动

我也不行，我总是哆嗦一下
接过父亲手中的小米

然后就醒了……
想起他那低头弯腰的一生

爱的罪证

陈雨潇

写日记这件事，我不常做
只是在某个临睡前的夜晚
翻开绒面日记本

用那只快没有墨的水笔
我不再写下日期、星期
不再记下阴晴圆缺，这些流水账
使我厌倦

我会写下
"花园开满奶粉色的镜子"
"许多线索藏匿在雨的眼睛"
我不会提到你，我的笔迹
很浅，就像水墨画的留白

像一个特务，将情报
写入机密文件
我不会给末日留下
爱你的罪证

美丽烤羊

程继龙

一只羊走在羊群的最后面
走着走着它就变成了烤羊
它是从辽阔无边的草原出发的
你相信，那里有澄清的水源
安详的风吹着羊的毫毛
吹着水中变成了羊的云朵

羊走着走着就变成了焦糖色
美丽的颜色，油漉漉的
能满足眼眶代表的欲望
羊的速度慢下来，它健朗的
肋骨上冒着香气

羊身上暗藏着几何形的孔洞
肥美部分的肉已被挖去
只不过你看不到那把
切肉的刀子，及刀子后面
从容的手。
这是秘密进行的
被剔除的还有羊行进的主题

及一路上适时涌现的风景

你相信这是一只，美丽烤羊
可是你不愿接受其中的残忍
它终于坚持不住了，脱离了
大部队，最后进入一个门框
跨过门槛时，它掉了下去
掉入一个口腔，或深渊
不过这也好过
一路上，地火无形的烘烤

十月里

川美

十月里，大地之上
到处派发黄颜料
多高的树，多低的草，全都有份

十月里，蓝天很蓝，白云很白
大雁回乡的路
很长很抒情

十月里，气温走在下坡路上
押解一些小事物
风踢落树叶，飘向谷底

十月里，蚂蚁们
拖曳脚步，列队行进
隆起的脊背遮住尖尖的脸

十月里，偶然的几日
太阳心情大好，回心转意
飞蛾获得假释，重现在草地上
十月里，你会经过甲虫的

墓地，会发现
对生的留恋，让死显得难看

十月里——但是，会有
红红的苹果挂满枝头
有热闹的集市和欢快的笑声

十月里——但是，会有
红红的喜帖落在手上
有庄严的婚礼和漂亮的新娘

画手表

大解

在女儿的小手腕上，我曾经
画出一块手表。
我画一次，她就亲我一口。

那时女儿两岁，
总是夸我：画得真好。

我画的手表不计其数，
女儿总是戴新的，仿佛一个富豪。

后来，我画的表针，
咔咔地走动起来，假时间，
变成了真的，从我们身上，
悄悄地溜走。

一晃多年过去了，
想起那些时光，我忽然
泪流满面，又偷偷擦掉。

今天，我在自己的手腕上，

画了一块手表。女儿啊，
你看看老爸画得怎样？

我画的手表，有四个指针，
那多出的一个，并非指向虚无。

空棺

刀把五

想去庙里转转
大地裸露，似一口空棺
撕碎的雪穿过风马旗
穿过玛尼杆
纸钱一般落在面前
无声无息，填埋我全身

仿佛，我的每一处裂缝
都蒙着冤

春天十四行（节选）

邓凯

总有些什么被我们忘记。大雪过后
祝福按时启程。人们在炉火的阴影里
微笑。清点被时间厌弃的遗物
林间小路渐渐湿润，你应该

把风衣裹紧。在经历一冬的寂寞之后
你得有足够的勇气，承受满城飞花
树木在叫喊：绿起来！绿起来！
简洁而明了的声音，仿佛我们的初衷

被重新唤醒。就像恪守信条的恋人
如约而至。墙角的迎春花整理枝条
羞答答捧出嫩黄的笑意。求婚者已经出发

骑八匹快马奔向远方。在经历一冬的
寂寞之后，泪水飞溅。你不能无动于衷
就像无法在伤痛之后，保持平静

农场的早晨

邓可君

一个农场的早晨属于农场的每一个人
我从来没有在早餐时间歌唱过祖国
在牛奶里添加对未来的设想
看着红旗飘扬，只像是看见鸽子和旱季的乌云
一个农民的和平与丰收意味着这个时代的无限可能
篱笆和猎枪都用不上了
羊群散步时穿过森林
只有日光射过来
卷曲蓬松的云朵上泛着金子的光芒
湖泊是这样，草甸也是这样
大鹅领着小鹅，摇摇晃晃，往公园的池塘走去
黄色的校车开到农场门口

爬山虎

丁显涛

它起伏，整面墙虎虎生风

源于一粒种子的构思与酝酿
整个森林为它而动
绿色的火焰
冶炼每一块紧抱的石头和泥土

一声虎啸
让一面无所事事的墙
热得发烫

鸟叫

冬箫

所有的鸟哑了
只有一只
在阳光下，在黑夜里，在繁华中，在山坳里
叫

且叫声响亮
完全不同于我心里的那只
有时哭泣，有时哀嚎，有时也快乐

最多的时候
会从眼睛里飞出来
看一看鲜花烂漫的世界
然后再呆回去
独自流泪

裂缝

冬雁

你听，一切裂痕的声响
都将是对旧事物的破坏，譬如
光束刺破的黑，譬如流星
滑过的夜——

结果就是因果
譬如苍蝇，和裂缝的蛋
我们经常小心翼翼地掩护着眼睛
力求无痕

但有些东西是遮挡不住的
再譬如光，流水，微风，气流
它们无孔不入
这需要炉火纯青的演技

我们都是在事先扮演着
属于自己的角色——
"一个哭泣的中年女人"
和令她身陷囹圄的命运对峙
尔后她从骨缝里掏出自卑感，掏出
"性格的阴影"和劣根

父亲蹲在田埂上

董钢印

不吸烟的父亲 蹲在田埂上
卷起一撮烟叶 点燃
淡蓝色的轻烟
在他的沉默中飞升
淡蓝的语言 绕着花白头发
盘旋 好似缥缈的年轮
上升的庄稼日子
一望无际的蓝天白云

不吸烟的父亲 卷一撮烟叶
点燃 看着红色火炭
享受片刻的栖息瞬间
父亲蹲在那里 也在静静地燃烧

白发

董洪良

黑草地，好像要送葬
抬起悲哀白发

一根，又一根
扎在生死草场

岁月疾风勾结在一起
下一场暴风雪

还有哪些缝隙没有堵好呢
骤然霜降立马来临了

慢些，再慢些吧——
一匹马，在头顶奔驰

重生

董喜阳

大雪没有停下来的想法
下午的想法贴在脚上，温暖进入的想法
太冲动了。很多来路不明的风
被玻璃削弱，战斗能力直线下降
我想说的指尖，
没有激活内心的绝望
黑夜还在，我看见它焦虑地生存
和镁光灯下的影子抢攻上来
外面的世界反省自己
好像我短暂驾驭的火把一样
自我亮着，孤单地悬挂
如父亲丢弃的技艺
即使是雪天，他也躺得安静
窗外的鸟鸣和他无关。空寂如街角的路灯
所有不受控制的事物都令人惆怅
衰老、伤病，它们是时间体内的
暴雪，退守在棋盘里
躲避青春强硬的锋芒
我要迅速老去，
顶着雪花追赶父亲
身披蓑衣，露出喧哗的棱角

无限

杜涯

我曾经去过一些地方
我见过青螺一样的岛屿
东海上如同银色玻璃的月光，后来我看到大海在
　　正午的阳光下茫茫流淌
我曾走在春暮的豫西山中，山民磨镰、浇麦
蹲在门前，端着海碗，傻傻地望我
我看到油桐花在他们的庭院中
在山坡上正静静飘落
在秦岭，我看到无名的花开了
又落了。我站在繁花下，想它们
一定是为着什么事情
才来到这寂寞人间
我也曾走在数条江河边，两岸村落林立
人民种植，收割，吃饭，生病，老去
河水流去了，他们留下来，做梦，叹息
后来我去到了高原，看到了永不化的雪峰
原始森林在不远处绵延、沉默
我感到心中的泪水开始滴落
那一天我坐在雪峰下，望着天空湛蓝
不知道为什么会去到遥远的雪山

就像以往的岁月中不知道为什么
会去到其他地方
我记得有一年我坐在太行山上
晚风起了，夕阳开始沉落
连绵的群山在薄霭中渐渐隐去
我看到了西天闪耀的星光，接着在我头顶
满天的无边的繁星开始永恒闪烁

一根白发

法辐国

一根白发掉在地上
像一截卧倒的时光

捡起它，丈量一下
今生的忧伤
并未减轻

回故乡

方文竹

春天的迷雾。阿秀群山挺起巨大的母腹
万物皆在此孕育，涌动，出生
迷路了。车子转了半天回到原处
兴起的几家工厂扰乱了昔日的路线
"就此定居如何？"同行老卞升起玩笑
一片花瓣落在他右脸荒凉的皱纹上
温柔的月亮升起，像一把刀子，切开腹壁
"不！我还是回去，准备再孕育一次。"

离别

非可

那只鸟儿俯冲下来，不是跌落夕阳
它的目的是被鱼饵诱惑浮出水面的小鱼
我是画地图指路的女孩
我和我的族群归属烟花和灰烬
而你眼睛看向别处
用它那么炽热地敲打另外一个名字
我是真实的
声音和速度我保持纯粹的个性
我提供马，路太短了
你曾是我唯一的路 太短了
两个破败的车站
你却一步步走远，流星滑过天空
我希望你的眼睛看着我
——四面是被风摧毁的花园

如蜂鸟穿行

费城

慢，慢些，再慢些
吹透骨缝的风，简短而持重
阳光细致地穿透我
为了让更多的光透进来
透进来，透进来，透进来
直到心中开出花来
慢，慢些，再慢些
童年在奔跑。衣衫打上补丁
那是我的孤独，落日下
透着些微隐秘的光
而我的岁月，穿戴在身上
脸上留下涂抹的印痕

慢，慢些，再慢些
从我所未知的事情开始
记忆，抑或遗忘
直到再一次把自己拆开
那些漏下的光和阴郁
是我的，在尘埃落定之前
慢，慢些，再慢些

那些迟缓的光阴透着光
一片叶子染上了寒气
草木褪去了繁华
那些过去的美好预言
蜂鸟般，穿行在薄雾中

像一株菊有自己的想象

冯书辉

大河大江的爱
不会漂浮在水面
悲伤无人认领
没有深渊，在天空的纬度里
可以置换巨石的风暴

时间的草原，在秋天开出一朵花
心灵的海拔，吹掉残枝败叶
我拒绝原谅，被用坏的时间
咬碎那些苍凉，坚硬的词语
生长春暖花开，满目苍绿

一只拒绝上岸的船，
从森林中来
带着体内的火山
到慈悲中去，
在自己的泥土里长存。
接纳万物背影的朝拜
像一株菊，有自己的想象

眺望你身边的春花秋月

冯新宇

我开始骄傲，
在一个唇边流出歌声的午后
我开始眺望，
你身边的春花秋月
好似天地总结出的一种形式
仅是侧影
却让我无法不从正面厚重自己

你在春花里伸展香气
在秋月里把落叶一枚枚捡起
沉重而陡峭的气息
只可想象，不可捉摸
我分明无数次看到
我生活在词语里的手
爱上了这个被眺望磨薄的午后

小满，我的背上仿佛也长出一双薄薄的翅膀

冯亚娟

这是一个多么美妙的黄昏
天空把铺向大地的光亮一寸寸卷起
枝头绿叶波浪般荡漾
爱这短暂的疯狂

河水也跟着兴奋，途经门前时
打湿了鸭儿鹅儿们亲切的方言
它们在议论昨夜那场回娘家的雨
真是恣意：先是站着下、坐着下，最后干脆躺着下

此前，我在一张比雪还白的纸上贪婪操练着文字
那些无声的呐喊，惊醒一只红蜻蜓的梦
看着它，我的身后也仿佛长出了薄薄的翅膀
一路跟随，向一粒逐渐膨胀起来的麦粒飞去

芙蓉山

符昆光

芙蓉山不见有芙蓉
一些松树，一些柠檬桉，一些香樟
更多的是叫不出名字的灌木
满山跑，喘出的气
如袖，窸窣作响
而流出的汗，挂在叶尖
时不时挑逗我的额头
味道，有些暧昧

此地不宜久留
否则，承受不了更猛烈的感受

一滴水

傅天琳

从岩石缝中滴出，从野花香中滴出
一滴，就那么一滴
成一碗水
成果园里最小的湖泊

滴状，透明的滴状
看不到飘浮的岚气，看不到
古树的木纹

滴状，简单的滴状
相像的一滴
间距很好的一滴

滴状，多一滴就成线状了
多一滴
我的骄傲就溢出来了

永远的一滴
琴弦拨动的一滴
树根珍藏的一滴

黄河都可以断流
它为什么不断
神明的一滴

为了这一滴，它汹涌澎湃过
挤痛过内心的大海
它是石头中的泪啊
一滴，一滴

落叶

高若虹

一片叶子落
十片叶子落
一树叶子落

它们约好了似的

一辆车驰过
带走了一些
一阵风刮过
卷走了一些
扫帚又一下一下舔光

剩下的那些
落叶至死也弄不明白
归根有什么错

为诗作证

谷禾

"……诗是无用的。"这不是
时间的判词，而是无数嘈杂之一种。
青草的竖琴叮咚有声，瞎眼的
老母亲还站在村头，一遍遍喊着
走失的儿子的乳名。落日的余烬，
一点点收紧青灰屋瓦和敞开的原野。
睡在泥土下的孩子，蒙昧中醒来，
抬头看见天边移动的白莲花的月亮，
尸骨还在变凉，青草已高过天空。
这一切都是诗，山河草木作证。

墓地的雪

戈三同

父亲周年祭
我们赶来北山墓地
拔草、去尘，摆上贡品
用铁锹清除墓碑周围
盘卧的积雪

父亲下葬时
这些最后扑向棺椁
现在被扒开又推远的雪
在冬末的暖阳下
风一吹，很快就融化掉了

多像另外一个亲人
替我们在这里
跪忍一冬后，哭着走开

在彭山江口张献忠沉银处

龚学敏

风撕破的传说长成棉花，把梦
垫得春天状。岷江的被子一盖，
川腔捂死在银子的倒春寒中。

字夭折在盖碗茶的路上。
风声在时间的码头煎熬，一紧，
真还炼出了银子。

挖掘机在冬天最瘦的说话处，
给日子开药方。

姓氏一摞摞的空碗，
被明末的枪一挑，
便烂了四川二字。
蜀犬一吠，天下川人皆麻城。

风被铁皮船的辣味驯养成伤疤，
挂在书中，繁殖简化的字体。

银子在岷江骨折的号子里，

贩卖人口。

画眉教张献忠的名字唱川剧，
水在粘连撕裂的姓名，
我把手机喂给了木偶的骡子。

野菊

官华

此刻，云白天蓝，大地安详
此刻，唯有三千里秋风
时光的镜片掀开野菊的美
细致的香漂浮着醉意
一切恰到好处，
在时间的深处
遥看尘世。
倾听流水的声音
以另一种方式盛开
虚幻的只是影子，
光阴背后的隐喻
就像存在，
只是为了渲染枯燥的
生活。一丛丛相互抱团，
黄灿灿
将旷野点燃，
安心于山涧的清寂
翘首随风摇摆

这个冬天我再次搬出租来的家

郭富山

行李，马勺，乱蓬蓬的插线
塞进装有散酒和诗刊的麻丝
袋子　妈妈，我被矮小的房子
租来租去

妻子一言不发，把散落的
日子默默收起，把极易磕破
的情绪小心包裹

搬家的板车不是娶亲的花轿
她早已忘记了做新娘时
那短暂的风光

孩子在南方的一座城市
把一只提包作为自己的家

妈妈，新租的房子
以及陌生的邻居　两个世界
妈妈，你为什么不是蜗牛
我喜欢那温暖的壳

多重我也愿意背起

那样，儿子的脊背也不会
时常被北风欺负

妈妈，外面的风很白
我不得不穿行在这雪样的街道
为自己的租来的壳
增添一点温度

我也常常在这样的雪中
为像我一样的人们搬家 期待雪
越大越好
那样 我们就可以避免看见
彼此的表情

虚晃

郭静

晌午。洗衣裳
她的右眼皮一直在跳
消息传来时，她正直起腰
打算拧衣裳
她还没来得及用劲
就感到头顶的太阳晃了几晃
她跟着晃了几晃
衣裳上的水滴滴答答，淌了一地
孩子的哭声她听不见了
在簸箕里啄食的麻雀她看不见了
菜地里韭花的香味她闻不见了
她伸出手去，扶了空气一把
一脚撞翻了浑浊的洗衣盆
水盆里
一个女人灰暗而苍老的影子
瞬间支离破碎
她多想哭出声来
她徒劳地张了张嘴，张了张嘴
没有发出任何声音……
白花花的阳光落了一地

角落里的雪

郭涛

在广州雕塑公园打扫落叶的母亲
竖着扫把站在广场中央，她
笔直地站在风中，她有一截
弯不下的腰椎
黄昏，母亲要走进偌大的广场一角
将一堆落叶装进夜色。像小时候
她把院子里的积雪扫到一个角落
没有哪一场雪有覆盖整个冬季的信心
却总会有一些雪在角落里终年不化
母亲用广场上的落叶计算
故乡的时令：清明、谷雨
芒种、小满、大满、霜降、小雪、大雪
母亲说："院子里的雪该没小腿了。"
母亲坐在沙发里，如一捧正在融化的雪

无题

郭豫章

所有的美好
都会在结尾相遇
虎爪塘
是记忆深处最痛的凝望

起风的时候，我在日落后燃起篝火
天渐冷，我们往南
船撑向对岸，在苍青的梅江上留下一片涟漪

多少次庄重的仪式在这里开始又结束
多少次波诡云谲的事件在这里掀起波澜又归于沉寂？
一个漫长的午后兰被风吹向远方
爱在爱的左手心

请保守这个秘密

雁子消失在蓝天绿野间
如我的无数先民消失在崇山峻岭

石头（节选）

郭晓晔

石头护住他内部的水
冬天的水
支撑他宁静的生活

石头仰面向天　以阳光和雨露为食
俯首向地　以泥土为食
一切已逝的都归属泥土

石头在深山峡谷　森林草原
石头在花心里
远离现代大都市

你说石头在地下
他就沉默一万年
你说在天上　他就是那晴夜之月

石头和夜色对应
一道幽蓝锋利的闪电
照亮雪白的石头　漫无边际

石头布满版图　组成海岸　山峦和墓地
与森林对峙
看谁坚持得更久

石头围拥在老祖母的周围
老祖母核桃般的嘴里
嚼着失去水分的故事

石头的天性是凝聚
向着他的祖先
石头越来越坚硬
血和肉最终变成了坚硬的骨头

石头在石头之中
最高的行星在夜空走过
石头群众
靠在最高的石头身边取暖

石头拥有最大的寂静
最持久的沉默
最坚强的毅力　耐饥　耐寒
石头能忍受持久的贫困

石头的表面就是他的内心
就是他的家
石头透明　纯粹
如他的混沌　如他模糊的表面

钥匙

韩鹏宇

我曾在钥匙孔中窥测过光的模样
也曾循着光，想要锁住远方

那年，我把钥匙弄丢了
我两手空空，却想开锁
最后门拒绝了我
我站在风雪中
一夜难眠

这些年，每当我沉湎于黑夜
观察一颗颗星子
总会把它们想象成一把把锁
那时，我多希望
自己是一把万能钥匙
可以打开又一个神秘的空间

有时，我也总会想
我婴孩时的那把长命锁
如今，钥匙会握在谁的手里

在锁与钥匙间
它们相隔遥远
彼此渴望对方
却不知何时能相遇

这多像我人生的种种际遇

万物生

韩文戈

生下我多么简单啊，就像森林多出了一片叶子
就像时间的蛋壳吐出了一只鸟

而你生下我的同时
你也生下吹醒万物的信风

你生下一块岩石，生下一座幽深的城堡
你生下城门大开的州府，那里灯火通明

你生下山川百兽，生下鸟群拥有的天空和闪电
你生下了无限，哦，无限——

从头到尾，我都是一个简单而完整的过程
来时有莫名的来路，去时有宿命的去处

而你生下我的同时，你也生下了这么强劲的呼吸：
这是个温暖而不死的尘世

赤水河畔

何海波

我们迷恋这条峡谷形成的河畔
此岸突围，彼岸包抄。最后的赢家
属于一座浮桥，一座铁索桥。
两岸，梯田和新居一层一层爬高
爬过昔日战火硝烟
爬到山顶，爬上彩云之巅。
幸福生活天天向上：只要你会说话
你就会唱歌。只要你会走路
你就会跳舞。而我的情感
如同奔腾的赤水河
始终，蜿蜒在一片酱香之中

老渔船

何进

日暮中褶皱的云层，点缀着
血色的夕阳，老渔船栖息于
沙滩上，身体中被剥蚀的鱼鳞
闪烁着神赐的光芒。它的梦倒立起来
比海鹰更高。这是一个渔夫的悲与壮
除了他，谁能与海浪一起变老
与鱼群一起变老
与他的渔船一起变老
如今，老渔船已成为上帝的
沙砾，成为被海浪和旋风裹挟的
朝圣者，我在浪漫海岸与它相遇时
必须向它深深鞠躬

母亲

何曲强

双唇轻轻地抵住
抵春风，抵桃花
抵炉火和雪崩
双唇轻轻地启开
启清气，启晴朗下的冰河
启开生命的光
这个音可以读作很多字
我读出"母"
舌尖这时安分一些
轻轻地抵住上下牙齿
不想稻草，不想提心吊胆的雪
不想寒水里的青菜
再轻轻地爆破
这个音可以读作很多字
我读出"亲"
母——亲。母亲
连着读，举重若轻地读
不紧不慢地读
我读出了卑微的厚度
步步不离的乡土

八零年代的爱情

读出了奔流的血

轻快的尘世

还有我一辈子也还不清的春

高处的事物

何中俊

太阳是高的
北斗星是高的
它们收割着目光的磁力线

横梁山是高的
大柏树是高的
它是另一种头颅

奶浆菜、斑茅草是高的
镰刀和蜗牛是高的
新生婴儿的啼声是高的

我将它们举过头顶

春夜

河西

一盏灯亮了
亮了很久
把夜色隔在玻璃外

他不是在苦读
是在翻看一片记忆

头顶上枯干的树枝
正挂着星辰一样的水声

我的小孩

鹤轩

我的小孩
不知道什么是
勇敢
他虎口拔牙，推翻城堡，杀死坏人
我错时
他拿我教育他的
教育我——
黑，就是黑
白，就是白

现在不了，他长大了，像我一样缄默

心内心外

红雪

在心内　或是心外
血管里一直是江河的姿态
流呀流　流到了花开
又流到了花败
人际间的一万吨尘埃
无处倾倒
堵塞生命的路口
那颗挥动的拳头
疲软地停在春天之外
快搭几个涵洞
或架座桥梁
把一腔的血性疏通
不让人生如草东倒西歪

碘酒来消毒
刀子把血管割开
一根柔性十足的铁丝
就把光送到了深海

这是科学的锦囊释放的暖意

又是持刀者的一笔买卖
一枚枚金属编织的网
进入了心
时间滴答
阿司匹林找到了去路

雨后

胡海荣

一场暴雨过后
燕子又在忙着啄泥建窝

被雨水侵袭过的土墙
有了倒塌下来的念想

墙脚之下
茂盛的植被和正低头吃草的牛羊

舷窗外

胡茗茗

舷窗外，一朵白云认出我
幻化作熊、兔、哈达、烈酒
飞入掌心觅食的鸽子
依旧是人间万物，却有了神的样子
再无轮回之苦

我在一头豹子的背上认出了父亲
他正指挥一群绵羊向我狂奔
仿佛有一股力量要破窗而入
搭救我这头困兽
一马赫时速，万米高空寒流，
机舱内熟睡的人们并不知自己
正穿越一场盛大的相认

我的手，有太多记忆，被抬起
贴近舷窗，对着这道透明生死隔
我招招手，试着喊了一声"老爸"
又学着父亲的语调，暗暗叫了一声
自己的乳名

父亲身上披满了雪

胡文彬

那天的雪
下了,三天三夜

冒雪从障日山上
下来喂羊的父亲
浑身
披满了雪

后来,我们为父亲
拂去了
身上的雪,却没能拂去
他头上的

临江阁听琴

胡弦

有人在鼓琴，干瘦的十指试图
理清一段流水。窗外，
涛声也响着——何种混合正在制造
与音乐完全不同之物？
——你得相信，声音也有听觉，它们
参与对方，又相互听取，
让我想起，我也是从一个很远的地方
来到这里，像一支曲子
离开乐器独自远行，到最后才明白，
所谓经历，不是地域，而是时间之神秘。
现在，稍稍凝神，就能听到琴声中那些
从我们内心取走的东西。
乐声中，江水的旧躯体仍容易激动，仍有
数不清的漩涡寄存其中，用以
取悦的旋转轻盈如初，而那怀抱里，
秘密、复杂的爱，随乐声翻滚，
又看不见，想抱紧它们，
一直以来都艰难万分。

一只上个时代的夜莺

华清

如烟的暮色中，我看见了那只
上个时代的夜莺。打桩机和拆楼机
交替轰鸣着，在一片潮水般的噪声中
他的鸣叫显得细弱、苍老，不再有竹笛般
婉转动听。暮色中灰暗的羽毛
仿佛有些谢顶。他在黄昏之上盘旋着
面对巨大的工地，猥琐，畏惧
充满犹疑，仿佛一个孤儿形单影只
它最终栖于一家啤酒馆的屋顶——
那里人声鼎沸，觥筹交错，杯盘狼藉
啤酒的香气，仿佛在刻意营造
那些旧时代的记忆，那黄金
或白银的岁月，那些残酷而不朽的传奇
那些令人崇敬的颓败……如此等等
他那样叫着，一头扎进了人群
不再顾及体面，以地面的捡拾，践行了
那句先行至失败之中的古老谶语

月下

荒村

在河的另一边
不是故乡 是一盏新月
水势静柔
怀抱着一朵桃花和一座谷仓

灼灼桃花迢遥在彼岸
燃烧的红 掠过水面
只留有细细的波痕
成为沉默的歌声

田野和葱郁的树
挂着的红灯笼
纤细的草叶上沾满清露
奔跑过低低的岗坡
我看见穿过月色的你
一袭月色的纱衣
应和着翩翩的舞蹈
踩着悲伤的曲调
舞步凌乱
眼眸的泪光里
闪过一条清澈的河

荧七：2018 年秋天

黄成龙

荧七，2018 年秋天
我见过的蝴蝶飞得很高
田野的事物更加成熟
落叶也迅速地飞向远方

荧七，我只能在秋天里徘徊
我看见月亮缓缓变大
枫叶上的红火也烧得越发剧烈

我站在秋夜的旷野上
影子沐浴着生锈的月光想你
荧七，你是否在散步
如出水的芙蓉抱着湿漉漉的梦
在天边美丽地走动

2018 年秋天
我和所有的羊群在日历上奔跑
把果实赶上了树枝
荧七，在高高的枝头
总是萦绕着你微笑的甜蜜

送别

黄浩

关于送别，替我们说话的有草木
有山峦，有月亮
还有隐居于一隅的风

为一位老人做祭祀
下半夜后，月亮西沉
夜凉如水，山风肆虐
火焰是通向阴间的使者

我们皆有一颗草木之心
叭叭的燃烧声，叫我们触目惊心

暴淋记

黄挺松

泼魂的雨，追述着
多像在打回我，成就另一个失身前生的
水鬼

这多像现实，时不时将我洗刷为耻辱的人
但暴雨不知道，我默契了洗刷

暴雨不知道，人世还有遍地安静的男女
他们从不同的伞下，在雨里进进出出

一场场暴雨，动不动倾进
楼宇与楼宇，街巷与街巷，城乡和山海的
宽袍大袖里
世界，终是流水汤汤的世界

而奔走过裸雨的人，你不能失落灵魂
一身雨，让它只是你的一部分
遗址般，你形体塑造的那黑暗，闪着光亮

绳话

黄小平

把生草捶熟 把硬麻沤暄
脸对脸，身贴身，列队
清爽地等候召唤

一茎茎，一条条
搓成麻花辫状的绳子
让草率惯了的草在咬合中严谨
让散淡扯皮的麻，丝丝入扣
悟出什么叫结实与劲道

绳子，在形成束缚前
条分缕析地紧致了自己
安静而规整

豁口的陶罐

黄晓平

一不小心的豁口，是意外
开凿出来的一扇窗

凭窗望去，是些生疏的影子
积攒的半罐雨水
被阳光啄去一些，剩下一些
让月亮不定时潜来
沐浴，或路过时照镜

陶罐的碎碎念，不在意
这抬升江河行经日月的境界
只想大雪赐一床厚被
像修炼中的老龟掩住脸面
低就随它低，慢就漫不经心

夏天的阳光

黄药师

六点多
阳光就灼热起来
我想，它不是自己就那么热的
一定还代替别的什么
表示放不下的焦灼
我想，大部分阳光是无效的
人们根本无暇顾及它本身的遭遇
在公交车站
我看见车窗玻璃反射的阳光
愈来愈刺眼
这样多好啊
我们走向新的一天
如果有煎熬，那是由于阳光
而不是因为生活

倾斜角 23.5 度

黄钺

毫无疑问，大海
一直是地球最莫测的场域
如果你眼不瞎
往海边一站
那急速向后退去的潮水
露出的大片沙地、沟壑
那同样急速向上涌来的潮水
低洼处被填平后又白茫茫的一片
用"潮汐"二字，就可以解释清楚？

那个似曾相识的老渔民
踏上沙岸后
把他破旧的渔船拴紧
往后深深地一望，
仿佛又死里逃生了一回

海平面一词，
是否一直在把我们欺骗
一个神秘的巨人，
是否正在高处把我们俯视

公转、自转、轨道
倾斜角 23.5 度
和蚂蚁一样微弱的人类啊
谁能回答，那到底
是一个怎样的概念？

我转动着地球仪的手
在某年某月某日某一刻
就那样，似是而非地
战栗了一下

松针是另一种时间

霍俊明

仿佛我们一夜之间成了古人
空怀故人之心。

罗汉松，不是罗汉的一种树
松针是另一种时间

不到片刻，它们已落满头顶
我们似乎已经没有地方可去

安静的呼吸
是整个湿热的夏天

如果此刻在山中
可提前进入万籁的暮晚

你却害怕
那些突然出现的松鼠

它们跳得太快了
松针在此时也变得寂静

感恩大地

吉狄马加

我们出生的时候
只有一种方式
而我们怎样敲开死亡之门
却千差万别
当我们谈到土地
无论是哪一个种族
都会在自己的灵魂中
找到父亲和母亲的影子
是大地赐予了我们生命
让人类的子孙
在她永恒的摇篮中繁衍生息
是大地给了我们语言
让我们的诗歌
传遍了这个古老而又年轻的世界

当我们仰望璀璨的星空
躺在大地的胸膛
那时我们的思绪
会随着秋天的风儿
飞到很远很远的地方

大地啊，不知道这是为什么？
往往在这样的时刻
我的内心充满着从未有过的不安
人的一生都在向大自然索取
而我们的奉献更是微不足道
我想到大海退潮的盐碱之地
有一种冬枣树傲然而生

尽管土地是如此的贫瘠
但它的果实却压断了枝头
这是对大地养育之恩的回报
人类啊，当我们走过它们的身旁
请举手向它们致以深深的敬意！

小鱼死了

贾海振

死是早晚的事
它不会含恨
恨已在生前消磨殆尽

昨晚还在可爱游动的它
是买来的
漂亮的缸是买来的
优等的专用水是买来的
买来的还有
允许操纵一条生命的罪行

但仍要被夺走
属于它的最后安宁——
它一直沉在水底

方桌与斧子

吉葡乐

它是一棵树时
斧子砍了它

方桌打成时
斧子在工具盒里默默祷告
不要让我们再遇见

在小小人世多少年
还是又遇见

被砍散了架的方桌
在灶膛里
燃起了火焰

火住在木头里
曾经是那么无声无息

在泥土里紧紧拥抱

简明

所有的根，都在泥土里重逢
这些只穿过一件粗布军衣的人，倒下
又从泥土里重新站起
大地的宽怀，让他们破土
长成小树、大树
长成树的队伍

奖赏来得多么突然！谁也不曾设想
会有如此持久、深刻的拥抱
虽然少了胳膊，少了腿
停止了心跳，土地
一如既往地收留他们
至今，他们仍对这种知遇
心存感恩

地下的拥抱，终将长成地上的森林
如同鲜血，只有喷射出来
方能呈现它的沸点
以及红色的光芒

劈柴的那个人还在劈柴

江非

劈柴的那个人还在劈柴
他已经整整劈了一个下午
那些劈碎的柴木
已在他面前堆起了一座小山
可是他还在劈

他一手拄着斧头
另一只手把一截木桩放好
然后
抡起斧子向下砸去
木桩发出咔嚓撕裂的声音

就这样
那个劈柴的人一直劈到了天黑
我已忘记了这是哪一年冬天的情景
那时我是一个旁观者
我站在边上看着那个人劈柴的姿势
有时会小声地喊他一声父亲
他听见了
会抬起头冲我笑笑

然后继续劈柴

第二天
所有的新柴
都将被大雪覆盖

万物相互记忆

姜超

在乡间
尘土有灵
与种子缔结盟约
捧出
粮食与蔬菜

万物相互记忆
相遇的欢欣
共生一春一夏
相谈甚欢
各有归期不辞行

从田野里穿越
双耳挂满的
不只是跑来跑去的风声
你看见了什么
它们纷纷淡成云朵
影子过后
掠走了
一生的怀念

湖滨笔记

姜念光

一个湖与一个美好的家庭有许多类似。
湖面如镜，天鹅一字儿排开。
那弯曲的羞怯的脖子，拖着白云，
整齐的波纹生生不已。

看风景的人们打伞经过，好像
人人举着一个芭蕾舞。
他们说到了局限、自由和宽恕，
类似的无所事事。但不羞愧，没用处，
但不焦急，但远眺，但书中有诗。

而漫声诵读的风更像一位年轻的叶芝。
眉清目秀的树全都因此提了提神。
苹果也正在发红，
回身一望，扬起下巴上隐约的小痣。

在所有美景中，我就是这样想念的。
当她老了，肯定也还是这样：
她沿着一段弧形弯道走来，
迎着天光收敛时，缓缓跪下的右膝。

路边的圆石捧着期待之心，它们
热了，它们等着怀抱的酒瓶
被打开。哦，那长眉，细眼，
那尘世的幸福的钥匙。

雪路

敬丹樱

一夜之间，厚厚的积雪堆满院落
我不敢踩上去。这神赐的礼物，多细小的声响
都是唐突

小心翼翼，诚惶诚恐，患得患失
最精致的爱情，正是如此

但最好的爱情
是二叔拿起扫把，
为驼背的二婶从围墙到山下
默默扫出一条回娘家的路

星光

柯桥

星光从穹顶一粒一粒漏下来
就要把松山填满了
它们要经历怎样的万水千山
才能来到松山与万物汇合
与灵感寺的经声和暮鼓汇合
抵达万物的心灵
星光从穹顶一粒一粒漏下来
不急不慢
不弃万千尘埃
要么照耀要么召唤
而我却在这个斜坡留下了阴影

止血贴

拉须

写过快速长成的蔬菜
过早弯腰被割的稻穗
写过暴雨后的泥石流、被淹的村庄
写过被乌云遮掩的天空、恐惧的黑夜

写过雾霾、患病儿童、失足的少年
写过站街女、独孤老人
写过雪、风暴、雨
沙尘暴
诗被我割得满是伤口
我需要止血贴

野菜

蓝花伞

不知道要采些什么
有的野菜自己也
背着小篓

不知道想握点什么
有的野菜自己也
蜷着婴孩的拳头

提着道路、脚印
泉水质地
谱系的鹅黄

删除篱墙、画框
却有鸟儿的羽毛
小松鼠、野兔的行踪

经常在某个刹那
照亮记忆、一方河山
经卷的悠远

和堤岸一样流下来

和星光一样落下来

五十以后

老德

不知
怎么搞的
五十以后
每次咳嗽
我都咳出了
父亲的声音

旧照片

犁雨声声

多像一个缺口。走出来
就无法返回。身后的景色
一直未变。而他们
放下一个表情后
被风卷走。我只能顺着缺口
看着他们渐渐离去的
背影，落上灰尘
风消散他们的讯息
每天，有人向缺口张望
像丢了什么。又找不回来
一段可以依靠的旅程
正填满，一些人脸上的皱纹

扫雪的老人

李阿人

雪刚下一会儿，地就白了
雪刚下一会儿，老人就来扫雪了

雪没完没了地下，他没完没了地扫
他们在较着劲，谁也不让着谁

天黑了，没有人走的路面
开始变得安静
但哗哗的扫地声，没有停止
仍在老人的院门外
打坐，停留

夏天的傍晚

李不嫁

夏天的傍晚，幼儿园放学的孩子
很认真地叫我一声爷爷
小路旁的香樟也激灵了一下
已经不是第一次，被花蕾般的脸蛋
归入老一辈的行列了
童声像啄木鸟，笃笃地
敲打着，向一棵空洞的树致敬
我听见自己的应答，
落叶一样轻
晚风微凉，夕阳急遽西沉，倦鸟缓缓归林

野渡

李成恩

我需要山水的爱，所以我抚摸孤舟
一个人行走在祖国，我需要祖国的爱
所以我怀抱野渡

我行走在辽阔的大地，一个人的内心里全是
薄雾。全是深藏不露的哲学
宗白华在其中散步，我挽着瘦马
站在美学的岸边，抚摸孤舟

马致远也像我一样怀抱野渡
他是清瘦的古代书生，昏鸦的叫声
传到我的耳朵里，一团薄雾的叫声

抚摸与怀抱，千古不变的爱的动作
爱山水，爱祖国的道路落满灰尘
爱野渡的薄雾里一棵人形树
一颗肿胀的头颅，孤零零地叫喊

这是端午刚过的一幕，屈原的焦虑与
紧张，皆在山水的焦虑与紧张中
薄雾擦拭楚辞，薄雾擦拭祖国

缩骨功

李大嘴

这些年，我在练
一种功，缩骨功
我不断地往后缩
往里缩
从以前的街道
缩到了家里
从一瓶酒里
缩到了一杯茶里
我想把自己缩得小小的
小到，一个首饰盒
就可以装下，小到
一根绣花针，即可安家
我还想把自己缩到
与这个世界无关
别人看不到
连我自己也看不到

白色琴键

李东泽

沿路并排停放的
一辆辆轿车
车顶被昨夜的大雪覆盖
周围都已被人
清扫干净
露出黑色的柏油路面
像是与老天合作的
一架钢琴
我真想跑到楼下
把那辆违停的轿车也推进去
按动那白色琴键
弹奏一曲

青杏吟

李皓

在没有成熟之前
青杏更像一片圆圆的叶子
就像山间的清泉
经过石头的时候
更像石头
自由自在的山风
带来清晨山鸡的鸣叫

当青杏成为红杏
最初的叶子
就成了高高的围墙
比树还高的叶子
高不过一颗欲滴的红
你要赶在青杏时节
去山里走一走

因为此时
叶子和果实还可以
混为一谈
而青杏和红杏
还互不相认

旁观者说

李瑾

几个垂钓者湖边稳稳端坐，整个下午
都落在他们竿上，高大的白杨树一动
不动，仿佛内心收容着
一座佛像
当水黾在水皮上面漫无
目的走着，影子们才露出隐藏已久的
波澜。我没有多少想法。我看见蝴蝶
安静地在钓竿以外飞着
几朵野花
站直身子，向春天深处
张望。我不希望垂钓者空手而归，更
不希望整个湖塘在鱼钩上面不肯下来

但垂钓者都是神洒向人间的饵，他们
一动不动，内心盼望有什么咬住自己

土豆

李犁

在北方不能不说的是土豆
土豆是乡村孩子的乳汁
多少年了
他们忘记了出身却
改不掉他们命中土豆的颜色

土豆是母性的
它诚恳宽容
即使怀孕的日子
深沉的叶子也开着谦逊的花朵
让人感到诚实有内容
像那些端庄朴实的乡下姐妹

土豆内向从不张扬
但土豆是个有心计的歌手
你稍不留神
它就把意义唱遍全身
你提起秧苗就有
一群群兄弟姐妹跑出来
它圆润的脸蛋

像民歌饱满充实
从不势利眼

土豆很有气质
简单中却变化无穷
在夏天当土豆被犁铧翻过来
一垄垄 望去
土豆就是圆号中吹出的一堆堆纯色的金子
这是我一辈子看见的最大的光芒
陶醉在这片波浪里
你会忘记这是一个金钱时代
你会感到亲人最亲土豆最好
甚至一堆火两个土豆
就能把饥饿干掉就能
把生活变得美好

土豆代表着典型的东方文化
它会不知不觉地磨掉你的粗暴和铁石心肠
而土豆不吱声却很有内劲
吃了它
你会一辈子也掰不开攥紧的拳头

而最高潮是在夏日的午后
一对青年在土豆花的呵护下妥协
迷迷荡荡的草茎倒下去
爱情长起来了

在我路过土豆地时
有一种歌唱就从那里泛起并向我涌来
我按响了汽笛并脱帽
向土豆致敬

五月的旅途

李明刚

梅雨，敲打着
五月的旅途
车窗外，雨滴你追我赶
这人间的五月天
青山绿得健忘，似乎已把
一件重要的事情遗忘

车的前方，雨
越发粗野
车窗外侧
水珠的河流
也冲不掉缭绕山野的烟雾
青翠诱人

昨晚抱过的婴儿
安静的微笑，至今依然
萦绕脑际
列车前方，那片泛白的天空
如幼儿明亮的眼睛
似乎比蓝宝石更蓝

现在，曾经

李南

现在，我获得了这样的特权——
在文火中慢慢熬炼。
曾经厌恶数学的女生
曾经孟浪，啃吃思念的果子
曾经渎神，蔑视天地间的最高秩序……
现在，我顺从了四季的安排
屈服于雨夜的灯光
和母亲的疾病。
我终于有了不敢碰触的事物
比如其中三种——
神学、穷人的自尊心，和秋风中
挂在枝条上的最后一片树叶。

两只蚂蚁

李佩文

两只蚂蚁擦肩而过
又行色匆匆赶路了

一只蚂蚁想
我是不是应该过去打声招呼
这样想着，它就掉头追去
走着走着，它转而又想

如果遭拒碰壁呢
又掉头而回
几番犹疑进退中
它自己迷路了

傍晚

李少君

傍晚，吃饭了
我出去喊仍在林子里散步的老父亲

夜色正一点一点地渗透
黑暗如墨汁在宣纸上蔓延
我每喊一声，夜色就被推开推远一点点
喊声一停，夜色又聚集围拢了过来

我喊父亲的声音在林子里久久回响
又在风中如波纹般荡漾开来

父亲的答应声
使夜色似乎明亮了一下

空置的"白"

李盛

我信手填上
将要选择的岗位
带几分惬意
是这份健康的劳动
它最了解我的尊严

譬如这自由的双向的选择
诚实守信的信条
用劳动作基石的家庭和爱情
辛劳和汗水
生命中的稀土

它总是令我啊——情不自禁

【黄之河·丑章】 穿峡

李松涛

穿峡！穿峡！！穿峡！！！

一条桀骜不驯的游龙，
一匹甩鬃长嘶的奔马。
行至无路可走之处便夺路而走，
逢阻，无须探问何物，
统统击垮！
统统斩杀！
憋足一口气，你冲出撞出闯出——
野狐峡，积石峡，刘家峡，
盐锅峡，龙羊峡，青铜峡，
八盘峡，桑园峡，三门峡……
你每一条波浪皆是——搬石的手、
踢石的脚、
啃石的牙。
花岗岩、火成岩、玄武岩，
一路坚硬的提问，
换来你以柔克刚的回答。

你突破重围的韧性，

足令创业者效法。
你也不经意道破一个真理——
劈山，则受制于山；
造峡，则受制于峡。

经过山顶，浇一朵雪莲花，
路过帐篷，泡一壶酥油茶。
水哟，是这般重义又随和的物质——
能停能走，能深能浅，
能方能圆，能软能硬，
——人，最不该得罪的就是它。
可黄河还是被伤害了——
由于排污，由于乱垦，由于盗伐，
由于滚滚而来的黄土黄沙……

满腹冤屈到哪里去控诉？
大自然的官司，同谁去打？
啊！你敲雷鸣的鼓，
你叩轰响的钹，
厉声告诫：讨论环保问题，
不可再慢声细语说方言，
必须讲震耳欲聋的普通话！

一股雄性激素，孕日精月华。
黄河呀，如大写意的椽笔，
于上游出峡，即把——
中游多声部的险象勾勒，

下游混合味的危局描画……

穿峡！穿峡！！穿峡！！！

在草叶上

李晓飞

强悍的事物
看起来都比较柔弱
比如露水，在草叶上
滚来滚去
至柔至和

高深莫测的露水啊

有时候
它在等待时机
比如寒露
比如秋分
露水就变成了霜

霜
是厉兵秣马的露水
是动了妄念的露水
也是起了杀心的露水

冬日十行

李星

慢慢纳着鞋垫
老花镜厚厚的玻璃上反射着微光
颤微微安顿好每一颗白色的药丸
再用一大杯温水按压下起伏的咳嗽声
然后起身，将一块寒冬
扔进熊熊燃烧的炉火

梦境的屋檐下，滴着阳光和雪水
坐在回忆的书桌前，我没有动
我正将一个个温暖的词，搬运到
一首叫《冬日》的诗里

石头

李毅

石头也会老。

锤子曾给过它致命一击，火花四溅
它硬挺着
让铁感到害怕
它原地不动的样子像个末路英雄

如今碎成一粒粒小小的石子
并非它屈服于铁
它要成为一条路，这也是父亲的想法
父亲挥舞着手中的铁锹

就像一块石头与一块石头
始终保持着铁的联系
并不断融合

毛边书

李玉明

买到了我爱的诗集
千分之一上市的毛边书

它比普通的版本，加长加宽几毫米

真正的不修边幅，真正的任性
像初醒的、离我们最近的人
还未及洗漱，穿着拖鞋
头发蓬乱，打着呵欠
我爱这有缺点的书
左手轻轻捻开书页
右手拿着刀，小心翼翼分开粘连
像从苦难中取出可能存在的惊喜
更像从母体中
接生另一些自己

树正寨歌谣

李元胜

那长在大树上的蕨类啊
再年轻，也是我们苍老的长辈
我的手指紧紧握着它们
我们仍然是分开的

那栅栏上悬挂的绳子啊
已经失去了牵着的牛
我们也不再反顾身后的小路
但也关心究竟从何处出发

那牧羊的少年啊，为羊群打开圈门
经历人生的第一次审判
雪白的他来到了阳光下
漆黑的他也来到了阳光下

那低头行走的中年人啊
是否忘记了头顶的雪山和星空
你的行程已经走过一半
这人间，是否你也读懂了一半

那沉默不语的老人啊
仿佛夕阳中的古刹
他的庭院，仍然走动着故人
他的黄昏，才是他们最后的黄昏

那塔前的诵经人啊
放不下他放牧过的羊
也放不了他爱过的雪山和故人
都午夜了，他还灯火通明地坐着

北京地铁

莲心儿

自驾轮椅
在地铁站等车
车门打开
人们蜂拥而下又蜂拥而上

我急喊:
"快帮我一下!"
"我要上车!"
门口几人互相看看
迟疑着下来把我连椅带人拽了上去
车门即刻关闭

我连声道谢
人们没言语
也没表情
似乎刚才没人帮过我

镜中

良木

时间是一匹不知疲倦的白马
在暗处，我一直在
悄悄地收紧着它的缰绳
这是这几年
我一直守口如瓶的秘密

在镜中，我的身体
依然一如既往地诚实

几根白发
从两鬓被染过的黑发中
挣脱出来
带着泄密者的得意
看着我

最后那粒种子

梁久明

春分了。一棵去年的蒿子
从根下拱出嫩芽
旁边的一株枯草随风摇荡
轻飘飘的穗头还剩最后一粒种子
站在那样的高处眺望
远去的兄弟姐妹已不见了身影
地平线上水汽蒙蒙
而他一直在等，不敢提前掉落
云在远天，一片一片
风在脚下，吹走一粒粒沙土
当属于自己的那滴雨水降临
他抱着它一起坠下，落地生根
就这样执意把自己留在了家乡
成为那些归家的游子
唯一扑奔的亲人
他带他们指认故去的父母

透明的火车

梁梓

谁都不会被落下
每一个都将拥有一个专属的座位
这是一场有意义的旅行，无论怎样它都让你变得
　更丰富
它会带走整个田野的积雪以及河流里的坚冰
它将带着你，去下一个驿站，它会对每一个人说
"来吧！伙计"

"来吧！伙计"
我也会对你说，我们来搭乘这一列透明的火车
如果你此刻疲惫，请好好睡上一觉，你醒来时
最小蚂蚁从家里搬出新土晾晒
原来光秃秃的树木手里都攥满了光闪闪的礼物
它们都说，来吧，朋友，这火车，它不会落下每
　一个人

透明的火车，它隐藏着呼啸而过的声音
从南方而来，它已经显现出绿色的车皮
你在睡梦中还没有醒来么？伙计
你一定会听见它的耳语呀：来吧！伙计

它会反复地提醒你：

"来吧！伙计，快，请跟上我，我在加速"

圆

林改兰

你永远在前方——
那一直滚动的未知
催我奋力奔跑
我留不住草叶晶莹的感动
抓不住夕光的针线
只有脚底的风猎猎吹响

那么圆润
路的尽头还是路
你的征程在云雾深处——
或许没有
世俗的人
往往迷恋于你这份若有若无
深陷泥潭

红与黑

林建勋

太红了不好，烧酒一样
红成火烧云。再一不小心
就随夕阳抹去了
太黑了，也不好。绿树、黄花
樟子松骄傲的针叶，被蒙上眼
亦步亦趋地走
青蛙只管擂鼓，扛着
梅花大旗的鹿，误入悬崖
只能左右逢源。直到
月色升起。山坡，还在为爬不上去懊恼
作为旁观者，我在红与黑之间的
灰色地带。在话题之外
学禽鸣，作兽吼
……我竟然相信了自己，是这世间
最安逸的禽兽

我想拂去花朵的伤痕

林莽

我总想拂去花瓣上轻微的伤痕
轻轻采摘那些微微泛黄的叶子
让美好的事物更加纯粹
也许因此我是个诗人
把理想放在最高的地方
不但欣赏而且实践
那些卑鄙的人在你的四周暗藏杀机
他们为自己阴暗的心理
伸出肮脏的手
他们让我知道一些美好的事物必然受到伤害

但我依然如故
用毕生的努力成为一个完美的人

黄昏记

林珊

树下的落叶越积越多
干枯的芦苇丛顶着满头的白雪
在湿漉漉的黄昏
唯有蜷缩在一张晃动的摇椅里
等待天黑的时候
才会如此叹息：时间犹如疾驰的车厢
咣咣咣响着。很多时候
我就这样一直坐着，坐着
看暮色向晚，看夜色将至
而风声，有时落满我的窗台
它带来寒霜，积雪，越来越深的倦意
它带来一些无法抹去的爱，孤独
竖琴的断弦，迟缓的永恒……
十二月了。时间流淌着
生活继续被描绘。我想要说的
——都将在夜色中到来

流水

林水文

携带无尽的乡愁，一无所获
它常怀忏悔之心
脚步从不停息

鱼虾们秘密的暴动
它的柔情以及暴戾
多少次悄无声息地平息

一块无意投下的石子
涟漪或许酿成更大的风暴

干净之心

琳子

活了四十多年
从来没有见到过真正的枪毙、车崩、
燃烧和塌陷
没有见过真正的破碎、飞末和碳迹

我因此胆小
经常听到一些小虫子喘息着
爬进另一些小虫子的身体
然后一起落入尘埃

我拒绝跟随抢险车奔跑
是因为那种车，从来没有跑道和路标
我拒绝在空碗前停留
是因为我只能在母亲的乳上
吸吮到她疼痛且，永远快乐

爱我吧，用一种神力
永恒爱我，我拒绝震动和反方向

在孤独的大城市里看月亮

刘川

月亮上也没有
我的亲戚朋友
我为什么
一遍遍看它
月亮上也没有
你的家人眷属
你为什么
也一遍遍看它
一次，我和一个仇家
打过了架
我看月亮时
发现他
也在看月亮
我心里的仇恨
一下子就全没了

献给九十岁的母亲（节选）

刘福君

母亲最高兴的日子
是她八十岁的生日
那一天，一辈子的苦
都化作了微笑
如花一样的笑容
仿佛春风荡开了春天
她在一声声祝福中
用微微颤抖的手端起酒杯
一饮而尽
豪迈得像个男子汉
酒一路催促她
回到笑脸红扑扑的童年

那一天，过得又快又慢
很多人看到
老家的院子里
来了一拨又一拨喜鹊
还有翩翩的蝴蝶
翩翩起舞

那一天，仿佛

母亲又养育了我们一次……

内心生活

刘强

她哭了一声
好像不该
就停了下来
就偷偷地往外
看了看
没谁证明她的哭
因为她的哭过去了
她记得
哭的里面很空
那么多的光射过来
也没射中泪珠

楼梯

刘汀

祖母在阴暗的阁楼里咕嘟咕嘟地吸水烟
两年后，大人们沿着楼梯抬
她下来时，轻得像一只鸟

母亲悄悄地爬上阁楼
肉体上紫红色的牙齿印
整整齐齐地排列在格子衬衫里

我在作业本封皮写下名字
鸟蛋在书包里藏着，只要温度合适
孩子们就不会在课堂睡着

祖母、母亲，我未来的妻子
她们相互传递着吸水烟的技巧
突然断裂的楼梯把一切都隔开了

我每天准时走向阳光耀眼的院子
没有人从村口过来，也不会有
发情的小动物和疲惫的鸽子

美好的记忆仍在阁楼中
新娘哭够了，开始穿衣服
暮色里，又一个夜晚来到面前

楚歌

刘年

楚虽三户，亡秦必楚，打湖南，要小心
对此警告，日本人不屑一顾，取燕山，过长城
如摧枯拉朽，况乎无险可守的鱼米之乡

常德会战，中方伤亡 6 万，日方 4 千
在衡阳，中方伤亡 1.7 万，日方 3.9 万
在长沙，中方伤亡 13 万，日方 10.7 万
在湘西，中方伤亡 2.66 万，日方 2.7 万
最终，日方于芷江，签城下之盟

清明，骑摩托环行常德、长沙、衡阳
在湘西，见一农妇，冒雨插秧，湿透了还在插
像一个老兵，没有接到撤退的命令
她直起腰，望了望黑云重重的天空，又继续插

青蒿

刘向东

高于先人的是坟头
而扎根于坟头的是一束青蒿

比青蒿还高的是支撑天空的
南北双松，天快要塌的时候
青蒿也会奋力
杂乱无章的柴草则舍身追随

其实还有连绵不绝的群山
与群星亘久的对话
那些高高在上的主宰者呀
此刻正折服于一束青蒿

它柔韧、卑小，青涩而无畏
像一句遗言，和亡灵一起沉默

蝉

刘勇

一只蜕变的蝉
正缓慢地裂背，弓身
缓慢地抬头
抽腿，再展翅
这一过程
足足一个多小时
小时候，有一回
用手将它剥离
还有一回
趁它还没裂背时
直接烹上餐桌
而今夜
我屏息静气
只静静地看着它
仿佛已不是一只蝉

莽草

刘章

一场狂风暴雨，
摧折了许多大树。
风息了，直起身的莽草，
马上便装扮得很有风度：
"我没有弯腰，
我是中流砥柱！"

可惜，它的头上，
还沾着磕拜时的泥土。

药味的黄昏

刘涛

药味的黄昏在低低的雨脚中按兵不动
矮矮的灯火，她看了我一眼

减速的西一路，临街的药铺
从大雨中伸出来的手带着虚弱的脉象
红笔杆子写下黑色的药方
一罐子草药煮沸黄昏

细碎的雨，慢慢滴落在入味的黄昏
煎药的手轻轻抚摸昏暗的额头

每一个低落的黄昏总是这样
煎着草药的女人听惯了咳嗽的声音
煎着草药的女人，她在夜色中
清洗漆黑的药罐

坐在粗大的树桩上

柳沄

坐在粗大的树桩上
想象着这棵树
生前，那高高在上的样子

想象是无声的
跟一圈紧箍着一圈的年轮
一样静。那里
有太多的鸟声风雨声
以及箍不住的
不断溢出来的林涛声

忽高忽低的林涛声
是那么舒缓，听上去
与忽低忽高的鼾声
没有什么不同

——人的时间
其实也是树的
当树的年轮又多了一圈
我们便不得不陪着它

再老上一岁

因此，树往粗里长
相当于人往死里活
想到这里，就不想
再往下想了

风镐

陋岩

狼嚎归隐山野，
孤独的铁笔，
省略了胸腔里的墨香。

无论是内心的还是外在的矛盾，
所有的、无论多么坚硬的障碍，
都可以，一笔勾销。

使用风镐的矿工，
都是爱心大使，
因为所有的恨，
都被风镐震碎了。

父亲和我

鲁北

在老家
我坐在父亲的对面
一壶茉莉花茶，溢出馨香
父亲和我，说他
卑微到尘埃的大半生

这时，墙上的镰刀
墙角的锄头，院子里的葫芦
树上的鸟儿，天上的白云
路过的风，都挺起身子
洗耳恭听

孤云出岫

鲁子

贡嘎山归来后，那个子梅垭口
总是横亘在我心灵的视眼内，
那雾涌云蒸仿佛大海，将峰峦淹没，
将我淹没，成为一条鱼。那是秋天，
栅栏围着青稞，青稞把一片金黄
写在秋天的脸上，一只青鸟
衔着一粒黄金，立于木桩上，
它将眼前的丰收，尽收眼底。
我，像一顶帐篷被搭建在垭口，
作为过客，我不敢对足下的土地
有所要求，我两手空空地站在那里，
虚怀若谷，看见那鱼跃出，
成为那鸟，那鸟高飞，冲出山谷
消失在我的视线外。万道霞光
照进来，驱散了云雾，我看见
一朵孤云出岫，已然挣脱了一切的束缚，
突破了界限，甚至取消了万有引力，
在那无垠的天空，一朵孤云无人驾驶，
却又仿佛任我驱驰。

玻璃器皿

陆少平

不易，一颗心在火上煎熬
淬火 被命运之手拉长或变形
你无法设想的止步和转折点
水的岸边 你不能靠岸
冷 深一层更深一层
得到冷却 得到心如止水

缘起之后的软磨硬泡
每一个弹指的动作
都有清脆的钢一样的回声
光洁晶莹的额头反射着七彩阳光
美和剔透不能付诸文字

远观或者落入掌纹
放大的水滴
移过空心的胆
那细纹 那伤痕 那岁月
如同彩衣陪伴

是有呼吸的

坚持寻找着向内的力量
如同在黑夜行走的人
努力坚持着不让自己破碎

我不会给父亲写诗

卢山

我去田地里喊父亲回家吃饭

在河边找不到我的父亲

他身材瘦小，耳朵先天聋

在几十亩声浪起伏的稻田里

父亲是一只衰老的昆虫

沿着沟渠缓慢地蠕动

我靠近，喊：爸，回家吃饭了

喊了三四遍，他才放下镰刀，直起腰来

对我点点头，乐呵呵地笑

将一大把稻子堆在地上

这时候他的身上涂满了泥巴

像一只从池塘里爬上来的老猴子

气喘吁吁地望着我

我想伸手拉他一把

好让他的晚年从沼泽里上岸

父亲却挥挥手，转身抱起一捆稻子

挪向另一堆稻子

晚风喝光了他身体里的老酒

酒瓶还挂在枝头呼啸

夕阳已经凝固在他的皮肤上
在我面前展示一组比稻田更加纯粹的金黄
任何溢美之词都是乏味的
感动也是虚伪的
面对父亲身上千沟万壑的泥巴
我没有过去拥抱他
也没有准备给他写一首诗
只是轻轻地说了一声
爸，回家吃饭了

羽毛

卢艳艳

从没想过抖落已久的羽毛
会在某一个阴沉的午后
又飞了回来
它拂过耳边，因为过于轻盈而无法落定

包括那只早就了无踪迹的鸟儿
它曾唤醒最后一个黎明
并将我仓促的朝霞、露水，和花朵
一并叼走，毫无保留

等我仰起头，只看见落日掩面而去
看见背影稀疏，没有道别
正如鸟，曾经羽毛丰翼。正如鸟
不是挣脱鸟笼，就是老死笼中
沉默中，抖落的羽毛轻易被风吹走

相比于热衷寻找灯火的人
我更喜欢深入黑暗，只有这样
我才能看清多年后飞回的羽毛
不可抑制地出现，并再一次消失

泥土在等待什么

逯春生

雪水灌溉
菜畦幽深
泥土在等待
一束光
一缕风
一抹绿
最晚来的是一颗种子

鸟的翅膀
苏醒的落叶
蚯蚓和嫩芽
老鼠在暗夜悄悄
挖洞
泥土等着一个童话复活

钢叉的芒刺
闪光的铁锹
古老的铧犁
耕牛
战场归来的马

渲染的羊群
泥土在宿命中
等着

小山坡

路也

下午三点钟，我仰卧在小山坡
阳光在我的上面，我的下面，我的左面，我的右面
我的前面，我的后面
阳光爱我

太阳开始偏西，我仰卧在小山坡
在我的上下左右前后，隔年的衰草柔软又干爽
这片冬末的茅草地如此欢喜
一个慵懒的人

我仰卧在山坡
坡度不大不小，刚好相当于内心的角度
比照某个诗句，把自己当成一只坛子
放在山东，放在一个山坡上

仰卧望天，清风、云朵、蓝天、喜鹊
一道喷气飞机拉出白色雾线
它们按姓氏笔划排列得那么有序
我还望见虚空，望见上帝坐在云端若隐若现

天已过午，人生过半
我独自静静地仰卧在郊外的茅草坡
一个失败者就这样被一座小山托举着
找到了幸福

纸飞机

罗燕廷

在儿子手中对折
翻转，再对折
对折，再翻转
扁平的报纸便有了美的形状

飞机的棱角，也开始显山露水
只一会儿，一张旧报纸
就完成了它的蜕变史

儿子手一扬——
一堆旧事，两位总统，几起爆炸案，一场金融风暴
嗖一声离开了地面
那么轻盈地在空中飞呀飞

他临终前说出三个字

罗振亚

冲着六月和煦的风
父亲吃力地说出三个字
——李向阳
我知道 那不是呼唤英雄
英雄一生无缘和他照面
也不像在叨念朋友
进城后他仅与孤独对弈
李向阳是生我养我的村庄

十几年父亲躲闪着
这梦魂牵绕过的三个字
生怕儿孙染上土气与寒酸的不祥
和母亲小声嘀咕时
才放它们露出头来吸吸氧
只要一说出村庄的名字
村边的林子就开始泛绿
玉米穗在院子里自觉站成行
尽情撒欢儿的鸡鸭鹅三军
读不懂菜园花儿前的蝶舞蜂忙
我和孩子若要探问

"演员"们在父母的微笑中
马上识趣地退场

也许这三个字沉埋得太久
几千个日子的施肥浇水
已在心里长起三株穿天杨
枝干转向哪里
哪里就是思念的方向

父亲　您过虑了
其实我也想乘这三个字回家乡
不论外面下雨还是飘雪
柳絮纷飞抑或秋露为霜
向阳总似空中那只美丽的雁
每一次翅膀的翻动
都牵引着无数缕注视的目光
您说过乡愁的种子也会遗传
种不种在脚下的土里
都将随自己的足迹生长

月亮升起来了

乱雪剑

月亮升起来了
照着春天的小院和
母亲的后背

太明亮了！
她却不觉沉重
只是一头白发，比白天时

更明亮——
她如此之美
以至于无法听到我的，一声惊呼

美好的早晨

保保

推开窗户，一池湖水
弹入眼眶
倏尔，一只、两只、三只鸽子
飞临窗台，飞进房间
站在洁白的床单上东张西望
旁边，是一本诗集
我刚刚读到悲伤这一页，联想到
朋友圈的汽油弹、匕首、催泪弹
和遗书
沉默的压力和耻辱
像黑夜里压抑的抽泣声
……顺着咕咕声望去
湖面上，鸽子遮天蔽日
这些斋普尔的鸽子
笨拙，安详，自得……

多么美好的早晨
让我差点忘记人世间的所有苦难

父亲，雨和穿墙术

马德刚

无数的雨，巨大的雨
坚硬的雨，任性的雨……

父亲披上雨衣，扛着铁锹
冲进雨里
他会穿墙术。穿过一道道雨墙
消失在墙后面

我和母亲，两个尕妹妹
像受了惊的小鸟儿。躲在窝里
瑟瑟发抖

听——
雨从山上，正在往下
搬运着什么

白云深处的百年藏庄（节选）

马文秀

千里外，绕过白云
想去寻找百年藏庄

现在的一切都太过于匆忙
真实过于情节化，真相
被包裹得过于严实
此时，就想停下来
让生活回归原点，让诗句
更加自由

琐碎的事物是一种枷锁
套住太多假象
而诗人是多么向往自由与真实
而今，我想在白云外
与一座村庄谈谈心事
看看百草丰茂后是否也有叹息
或许在万里高原俯瞰苍生
诗句足以收纳
万物理不清的喜怒哀乐
并为此守口如瓶

老船长

马兴

在迈特村的海滩上
一艘老船斜搁在岸边
老船长站在船后望着大海
几只鸥鸟从头顶飞过

退了潮的沙滩
像他的额头刻下岁月的皱纹
斑驳陆离的船体像他脸上的沧桑
他敞开衣襟，捋了捋胡子
夕辉下，他和老船像两只大铁锚
整个大海似乎都安静了下来

晚霞把缓缓泊港的三桅白帆
映成一队旗影
也扑打在他的脸上
他，和这落日、大海
轻轻地互道了一声平安

回家

马正凯

父亲病逝后
埋在了那个有花开有鸟鸣的山坡

母亲没有流一滴泪
只种下一棵相思树

十年后
有一缕春风吹来
春风上
坐着一群白蝴蝶
挠着母亲的家门

河流到底在给予我们什么

麦豆

童年的河流
显得很不真实
我们从其中
用木桶取水
赤脚在其中走来走去
感受水的凉意
如今改用水管供水
让我想到
我们要的只是水
而不是河流
但这种确定让我疑惑——
水管中的水
与河流中的水
现在的我与曾经的我
谁更接近
那真实的水——
河流到底在给予我们什么

世界

毛子

岁月提供的东西，足够可以
总结这个世界。
但我还在等待未发生的事情
——鱼缸里的金鱼，何时能游过
那块透明的玻璃。
客厅里的桌椅，在我上班时
会不会离家出走……

努力地去想，世界就越接近
测不准原理。

不想这些多好啊，我就变得轻松
像飞机把天空
留在天空

写下原谅

梅林

喜欢原谅这个词
仿佛写下原谅
世间的邪恶都已不存在

原谅了一个人的身体和死亡
世间就像是一场玉米地里的
苍茫

万物归真，朴实而缓慢
等我第三次原谅
玉米已开始从轮回中
长出新的叶子

我见过最好的原谅
最初是灰色，黯淡的
它们在堤坝的最低处，草丛中
有泥土的颜色和泥土一样的
微笑

接壤书

梦兮

最后还是接过了权杖
父亲把一应农作物的疆域交给蒲公英
为首的野菜打理
整个村子显得如此平静安详
一个放下江山的人
同时放下了内心的风雨雷电
征服的锋刃钝了
父亲与野菜之间毫无接缝
平展展的一张疆域图
草色的梦，
粗犷的线条中藏着密语
关于与荒凉的战斗
这不是结盟，
是实实在在的让权
肩负重任，蒲公英在风中
像一个身穿铠衣的将军，挥舞手中的黄金

饮酒的人

梦璇

煮一枝青梅，他把送青梅的人忘了
避开人世，他把那些裸露的伤口
忘了。不能摆渡自己
他把自己也忘了
"扑棱棱，一群鸟回到了人间"。哦，浩荡的
　炫目之色
一场流水的欢喜，让他深陷其中
黑夜重归静止。饮酒的人，只记得
鸟影来过
还有那动静，多么宏阔，多么美

在路上，每个人都是自己的纪念碑

慕白

我们走在路上
从不同的地方出发
走过山川，树林
听见几只不知名的鸟儿的鸣声
河流不停，溪水淙淙
走过村庄
路边遇见熟人就打声招呼
然后匆匆地赶路
每一个三岔路口
我们都谨慎小心地走过
路总是崎岖不平
从白天走到黑夜
一路上我们忍着饥饿
每一次看到远处的灯火
就以为是今生要去的一个目的地
慢慢地走近了
才发现那还是别人的灯光

在路上，每一个人都是自己的纪念碑

秋天的睡莲

莫浪

她们沉睡在秋天的水面上
她们只是存在着，并不思索什么——

人群一样靠拢
又分开

想起你时，茫茫无尽的流水
落进几片叶子
不能安睡，是为了防止噩梦

想不起时
就像睡莲遮住水的伤口

净身

墨痕

逆行十万里，我才看见时间
他住在海边，用鱼线将我捆绑

他在洗我童年，搓净我嫩嫩的皮肤
仿佛，要把我重新送回婴儿

可是，我已中年
正接近一块碑
可他说："只有刮净来路，你去时，墓才安静"

落日

墨菊

我要把这样一个标点
还回去，还给那支看不见的笔
我不再书写什么
即使这样的落日点在了全新的秋日的边境
即使田野中仍有玉米含糖

我不再用这样一个自然的标点
还原母亲玉米秆般的一生
天渐渐地暗了，这表示
伟大的自然又要写出全新的黑夜和星星

我将重复这样的交还
在熟透的田野上
我将用一枚豆荚的炸裂忍住人间

孤独

南尾宫

去年三月 岳父
被他踩了七十来年的泥土
轻轻抹掉他在大地上的名字

同年十一月 姑母
再没出现在这个小区里
坚持早晚跑步的父亲
利索的脚步虚了很多

暴脾气的姑父
十来年擒住死神的犄角
今天 被欢快的唢呐
硬是送出了生活
从外边回来的父亲
被矮矮的门槛差点绊倒

中年是一棵入秋的树
叶子在一片一片地离去
剩下孤独的枝干
在热闹的人世
晃动

黑天鹅

南音

她用黑曜石的光芒，攫取你的视线。
她像一块黑丝绸，在水面缓缓展开，并任意折叠。
她修长的脖颈，优美的背部与臀形
——多么完美的造物啊。
但显然，你将看到更多：
古堡、灯塔、村庄、黑松林
她翅翼的每一次扇动，仿佛都在凝结和缔造她内
　　在的幽秘。

一只黑天鹅，当她从过往之和中飞了过来，落在
　　一片野塘中。
你凝视她，并为此认识到自己纯然而孤独的一生。

虫类有声

泥巴

如果不是幸福，那它至少是新奇的
如果我持续地变小再变小，成为一枚虫豸

诗人，你的动作要尽可能轻柔
你翻过的每一页都有我们千万的市镇和院落

你喜欢的雅黑字体，它的每一个笔画，
都是道路，我们踏着它去相亲或赶考

如果有一个京城，它也不是你重点勾画的短句
在你忽略的一页，不经意留下的一滴油渍

——围绕它，我们建立了矿山、集市和法院
我们用铅粉做货币，换取等价的爱情和劳动

我们的小脑袋，存放不了你们的意义。
你看，你又哭了——在大世界里，你艰辛忧郁小
　心翼翼

而触动你的那个词，也许是我们一个

落后而浪漫的部落，它们爱笑，坚信小神灵的每
个赐予。

和父亲走走

倪金才

十多年了，没有和父亲走过路
没有像今天这样
和父亲肩并肩
在村子里散过步

十多年来，我到过北方
和几个朋友走过呼伦贝尔大草原
到过南方，和新婚的妻子
在天涯海角晒过冬日的暖阳

十多年来，父亲没有出过大山
没有离开过这个叫思茅垭的小村庄
他却常常让思念变成苍老的话语
天南海北给我送去
阳光般的疼爱和祝福

十多年了，我何曾有过丝毫的愧疚
有过带父亲走出深山
看看世界的想法
就像今天，和父亲肩并肩散步

也没有过啊

但是，你们看啊
我那白发苍苍的父亲
他多么地满足
面对路过的蟋蟀和蚯蚓
忙不迭地点头
面对迎面走来的三叔和大妹子
忙不迭地说：和儿子走走
和儿子走走

原乡树

倪平方

不用再远望了。原乡树就在这里
每一片树叶都在闪动着
想要对你说的真心话

有风飞过
早已溃不成诗
只等着我们点燃白鹭的鸣叫
连同心头聚集的雨水
反复摩擦越来越模糊的儿时记忆

先是一抹偃卧的弧形山脉
再是三株高大挺拔的原乡树
就是想在山水褶皱里
寻一处可以闻到梅香的地方
就在白纸上擦掉一家秸秆厂
一片鲜有问津的荒芜
以及我们如大树一样把情愫燃烧

这时候，突然会觉得离原乡是否太远了
可是一听到枝头的鸟叫

眼前立刻明媚动人
即使只隔着一叶一落
万水千山

竹篮词

牛梦牛

这是我不得不面对的命运
用竹篮去打水。但我并不气馁
我相信
竹篮可以打来水的
打来的水，甚至可以浇灌一片花园

那些水，以点滴的形式藏在竹篮里
用力甩，竹篮会下场暴雨

真相

聂权

世人喜欢什么
商贩就造什么

喜欢玫瑰，他们就造艳丽的
喜欢刀刃，他们就造锋利的

姜被硫磺熏过，呈现优美色泽
橘子熏过，在这世上速腐

速腐之物为何出现在菜市场
小贩微微一笑
道出了真相：
"人们看重它们的品相。"

多少事物都是如此，自己造就的
总要由自己
把它吃掉

一盏灯

宁明

油已尽，一盏灯就要灭了
而一滴泪
却在试图扶起
即将倒伏的灯苗

其实，本没有风
是这盏无风自摇的灯
把一场又一场风
夸张得比风还逼真

灯的肚子里，盛有几两油
明眼人一看便知
而灯，却以为
它征服了满天的星辰

没有人愿告诉灯
它的命运
抵不过一口热气
也熬不过漫长的黑夜

一盏灯，在熄灭之前

仍有资格

威胁一张纸或一本书

照亮它，也能将其毁灭

窗外

潘永翔

经一街
缝补厂
九龙汽修
车站
行人
饭店
修剪草坪的人
拾荒者
环卫工人
天空飞过的小鸟
还有那些小草和树
还有无数的风和雨
以及流言
以及瞬间的爱情……
都在窗外

走出去
我也成了
窗外的一部分
而窗内的我

依旧端坐

像一座雕塑

回望墓园

庞良君

一块块墓碑　插在这地球上
插得我的地球好疼
像针尖插在皮肤上 好疼
插一块 寂寞一块
插一块 忧伤一块

为什么要有这样的地块
不曾饥饿
却叼走一个个生命
只剩草木
在这里眺望人间

开花的瞬间

庞景英

开花的瞬间
那些花瓣，像刻在红石头上
一些醒目的字

香气，在笔画间装饰天空
而我们
在远离石头的地方
怀念自己

爬墙虎

庞小红

秋阳正好，它们在阳光下攀爬着
泛着绿意
一切自然而然
包括那些被掩盖却依旧生长的部分
奋力、顽强是大词
它们做着最本分最微小的事情

我抵达它们
就像抵达生活
坚实的墙

我喜欢迟到的事物

其木格

紫丁香开的时候，五月
已经过了大半
春天没有等待它的样子
一场又一场雨后
我在希日塔拉河找到第五瓣

那天的月亮也来得很晚
一望无际的天幕上
压着那么厚的阴霾和风霜
守得云开
用掉我半生耐心

我喜欢这些迟到的事物
它们在来的路上，总是
让我，竖起耳朵

昨天

祁人

昨天是一曲悠歌
令天下人
诉断衷肠

昨天是一些美丽的影子
是一座雕塑
有很高的审美价值
是一面镜子
对照着打扮梳妆
昨天是人为的果子
是一些酸甜苦乐
是一些悲欢离合
是一片变色叶子
从枝上轻轻飘落
昨天是一场大雪
覆盖了很厚很厚
昨天是一张蜘蛛网
黏着蝴蝶、尘埃或飞蛾
昨天是一只空酒瓶
倍显孤独

昨天是历史　是线装书
是一些结痂的往事
抚摸时　隐隐作痛

昨天是纪念碑
令人不远万里
携带花圈、眼泪和庄重
前去顶礼膜拜

影子

祁艳忠

被光，拉长的整个身体
竟然比我，还紧紧地贴近土地

直立的姿势倒下去，我的另一个我
高出我数倍
这让我想起先辈们的纪念碑
在另一个我的影子里
迅速复活

无论仰视或者躺下去
我真实的肉身下面，都是影子先我
悄悄地爬进土壤，贴近先民

并在第一时间，阅读
他们黑下去的骨头

爱情

钱爱康

雨点滴入荷塘
荷叶颤动。树叶蛙的颜色
隐入荷的深处

微风吹起裙边
蜻蜓在不远处哲思
它在等待——
一场戏的华丽落幕

当颜色褪去
另一个季节来临
约一场雨吧！

蜻蜓出现的地方
一只翠鸟，蹲立

黄昏

乔光伟

这黄昏，只是更多黄昏中的
一个。它重复且媚俗
那是少年传的后续了。
彼时，我的鞋子上
站着另外一个自己——
拎着明亮的斧头、白茫茫的雪原和少年的
涛声、奔雷、黎明，以及风云诀

他陌生的表情，炯炯有神——
去告诉那些鸟吧：这黄昏以至
更多的黄昏，都是稻草人

漂泊

清风徐来

当我是一阵风的时候，我的父母在我的身后
他们眼里的波纹，把我推向远处

比我出生的田野，更远的地方

有时，一只鸟路过我。
它清脆的鸣叫像某种神秘的启示

从茂密树丛的枝桠中，垂下许多线索
金属一样闪动
吸引我短暂停留

低处，花朵匍匐。这些密集的小小星球
发射着独特的雷达信号

当我回头，遥望出生地
它像一粒灰尘漂浮巨大的时空中

凭栏处

秋月

流星远走他乡，杯中空荡荡
夜未央，塔中照亮烛光
黑夜依然走在黑中

寂寞，好像回到了从前
一个人仰望着天边
用过往缝补缺失的太阳
用记忆来温暖孤单的寒凉

凭栏处，雾抱云
琴声裹着雨花飞红尘
落叶挥泪，别离一季秋

好想循着琴声，问一问
你是否和我一样
此刻，独自煮一壶月光
醉了忧伤，
醉了眷恋的诗行

茶意

曲近

只需纤纤手指
把一座山移进杯子里
把一口井移进杯子里
这深深浅浅的山水啊
就有了全新的意义

绿叶，舞蹈、飞翔
都让心情静若止水
渐入佳境
一棵树抑或一片叶子
与我不期而遇

交流是轻松的
品鉴是清淡的
山水之香沁润肺腑
灵肉一经濯洗
就放下了虚无的名利

穿过水深火热
涅槃出淡青或琥珀色

一缕缕袅然清香

沉

浮

都遂心意

童年的发现

任聪颖

小时候，只要躺下
我就开始阅读一堵墙
一块凸出，一个人
一块凹陷，一个物
它们在我的想象里幻化，变形……
喜怒不定
我翻一次身，它们翻转一次剧情
我再翻一次身，它们就翻转一次命
为此，我曾整夜地翻身
救了已经跳井的凤仙婶，疯了的骡子爷
后来，还救了自己的一生

别处

如风

野果林的杏花开了
花树下，提着裙角跑来的人，不是我
野百合顶冰而出
晨曦里，陪着它慢慢绽放的人，不是我

这世间，总有些芬芳不为人知
总有些秘密，静默如星辰

就像此刻
在那拉提以东，我隔着一场雨
遥望塔吾萨尼
在别处，把一棵草
喊作草原

雨衣

沙马

父亲死后，他的一件雨衣还笔直地
挂在客厅的墙上
现在，墙上出现了人的痕迹

客人们来了，都好奇地朝这件
雨衣看了看，然后
眨眨眼，笑笑，也不说什么

有一天，我想将这件雨衣取下来
折叠好放进储藏室
母亲说，就挂在那儿，这家伙喜欢热闹

很多年过去了，雨衣还挂在墙上
斑斑驳驳的样子
像是一个疲惫不堪的灵魂

无人能阻挡祖国的晨曦（节选）

商泽军

种子不会遗忘
春天，也不会遗忘
谁能让河流停止呼啸
谁能让蜜蜂停止舞步

种子会守着季节
守着诺言
就如蜡烛守着光
血液守着奔流
祖国的晨曦
会在夜色一寸一寸
矮下去的时候
哀伤会消逝

受伤的土地已痊愈
该燃烧的会燃烧
那些朝霞能把蓝镶嵌
就如我们的愿望镶嵌进生活

柳芽

商震

第一次想吃柳芽
觉得身体里需要些陌生的东西
柳芽落肚
苦涩的味道却是我熟悉的

突然有些悲怆
活在熟悉的世界里
对四季与黑白都已麻木
初春和深秋
不过是自己的两只手

强忍着把柳芽吃完
余下的盘子
是一堆雪
折射出我眼睛里冷冷的空白

承认

邵春生

我承认，深冬洒落的阳光时常
温暖如煦，但比不上春天
我承认落在昨夜的一场雪洁白如
圣女，但蒙上一层浮尘
我承认柳枝上嘶叫的蝉只剩下
空壳，包裹着虚无的冷风
我承认草丛间仍有充饥的草籽
但难以糊口，
路边蜷着两具僵死的麻雀
我承认这一切基本接近事实真相——
因为我的忠实，昏庸的世界
将不再往我身上推卸罪责
我满心欢喜，吁出一口长气
街口，乞讨者衣不蔽体，高歌而过
这个节气难得一见的好阳光
照耀着他蓬乱的毛发和健康的身体

大红灯笼

沈彩初

年过了，我把自己从高高的
往事上卸下来。陷入一场回忆
其实，我儿时更钟情于冰灯
罐头瓶和磕头了
漆黑年夜，只有这样简单物件
才能把快乐照得锃亮

我是村庄的孩子，乡下路
不像城里巷子那样讳莫如深
我们离荒野很近，离鬼狐故事更近
那时，我们都太小了
只有拎着这样自制的灯笼
才能给自己壮胆

现在，我回过神儿来
掐灭香烟，但却熄不灭内心灯火
我把自己影子拎了又拎
远远地看见
我和罐头瓶一起
被摔碎在童年的路上

原乡

沈秋伟

可以收拾行装了
你铺陈的人生
早已越过你最初的边界

收拾起一些热情
返回到你第一声啼哭
那一滴晶莹的泪
是你最初的原乡

别带太多的荣耀返乡
你出发的村口
越来越小了
小到只容得下你
赤身而归

北方的土地（节选）

施浩

早晨七点四十五分

我坐在自己呼吸的气体上

感受空间的流动

大自然的风呵

一秒一秒地 吹暖太阳

我的那片田地

曲线上升

麦子生在水雾的光芒中

它们夏天不死

我的镰刀闪动如磷

我割自己的面色祭圣人祭自己 在

早晨七点五十九分

我骑车经过大自然

那些命定的晨曦

光照着一片片泥印

如我感觉之上制作的衣裳

从冬季到春季

这里找不到雪库和狼迹

雨水下

在无人行走的草地

人们可以管理粮食和昆虫

太阳从我的头顶走过

我接近荞麦的芬芳

它们盛开时鸣响的音乐

使我看到腹地流走的血液

举着我的诗歌和火焰

在空间　人与大自然相遇

早晨八点整

我去群山有水的地方

观察自然

我去草木的地方

观察自然

我听草木的声音

流动着人类低沉悲哀的乐曲

那些远古的脚步

停留在森林里

生育我们原始的冲动和抑制

那次雪的运动逐走了物种的分娩期

使雄野马离开岩地之后走向黄土

离开森林之后走向蔚蓝

去热爱湖泊和船歌

绿色的牧场出现了

走出一群圣洁的羊羔

它们认识了草地和山冈

它们从星辰的余晖中

拾得一枚金光的弓和欲望的箭
它们向天空说：散开吧乌云
让我们安居于河流两岸那片可爱的土地

午后

诗雨

烈日下，我穿过"上寨"
风路过矮墙，梳子草左右摆动
像一个身不由己的人

我的脚步惊醒了一只猫
它快速地站起来，朝我说"喵……"
哦！它一生中最好的梦不能说出来
最痛苦的事也不能说出来
这是多要命的事啊

靠山

拾荒

那时我虽小
父亲要想举起我
就要向上天
做出投降的动作
放下我
又要给大地鞠躬致歉
为了我
父亲一直在天地之间
卑躬屈膝
却要求我把腰杆挺直
要做就做一棵山峰上
挺拔的松

直到父亲不在了
我才突然懂得，这人间
再小的坟茔
都会高于地面
没有一座是无缘无故的山
任何一道悬崖
一道山坡

都会有
举起和放下孩子的父亲

那年，我们去远行

史习斌

车轮碾碎烦恼，
从抵达出发。
窗外镜中画里如梦
多年以后，午后的阳光返回
那年，我们去远行
你把自己隐藏在花海人流
如拂晓荷叶上的一滴露珠

雪山让你更丰腴
马帮走过山野铃声阵阵
繁花半谢，
草原上牛羊散漫
我们节约着呼吸
生怕耗尽对方的氧气

到远处去——
乡下，
纳西小院月波如水
在荡漾的时光中
你说，走吧，亲爱的
今夜我想再为你生一个孩子……

母土

水子

那是我唯一的母亲——
墓地上的一抔土，构成母爱最后的去向

这么多年，旷野上年轻的乌鸦老了
墓旁一棵小榆树的单薄与沉默
是岁月对死亡的退让

我不知道该怎样热爱这抔母土
让她在光天化日下，为一些人让出活路

更不知道，怎样以一颗安宁之心
看那只乌鸦，像乡下穷亲戚一样
继续苍老下去

我苦恼于这种纠结的方式，苦恼此生
看到的真相越来越少

春来

树吾冲三晚

小草开始忙碌
写请柬、搭戏台、邀名流
又恐有所遗漏
在电话里，反复强调
宴会的时间和地点

瘦弱的小溪，也在宽衣解带
扔掉老旧的衣裳
换上新潮宽松的礼服
表情热烈而崇敬

甚至许多小鸟
抛弃天空，收起翅膀
用鸣叫点燃一支香火
向东方朝圣

父亲装着什么也不知道
既不烧香，也不恭迎
扛一把锄头，奔田间去了
回来的时候，春刚好临门
对于幸福，父亲早已算好了时辰

玻璃人

宋心海

这个世界什么都昂贵
我不敢随便伸手

有一次在头等舱休息室
抓紧酸奶的手
突然被一道阴影拂过
闪电般缩了回去
——我怀疑
那盒子是金子银子做的

我的还没褪去茧子的手，出着汗，紧张地
在我的身体上
从一处挪到另一处
不知道放在哪儿好
甚至开始痉挛、僵硬
仿佛是玻璃做的
一不小心就会炸裂

我陷在沙发里不敢动
眼睛仿佛也成了玻璃做的

就要炸裂

我感到悲伤，悲伤也成了玻璃的
呼出的气也成了玻璃的
我感到窒息
身体仿佛也成了玻璃的，就要炸裂

暮晚的河岸

宋晓杰

这河流、这土地，又长了一岁
对于浩荡的过往来说，约等于无
三月，空无一人的河岸
没有摇动的蒿草、旗幡和缠人的音乐
也没有失魂落魄的小冤家要死要活
高架桥郁闷着，怄着气，生着锈
晚霞如失火的战车，轰鸣而下
并不能使冰凉的铁艺椅
留住爱情的余温

这个时候，积雪行至中途
而河滩的土，又深沉了几分
真的，我不能保证
倒退着走，就能回到从前
三月的小阳春，不过是假象
余寒，依然撬得动骨头
空风景干净、清冽，没有念想
如十字路口那一摊尚未燃尽的纸灰
正慢慢降下体温，不知在怀念谁

不死的铁——致母亲

铄城

菜刀老了，
像我母亲
崩掉的豁口缺了的牙齿
菜刀是幸福的，
去掉锈仍旧锋利
母亲是不幸的，
老年斑不停长出来

于是给母亲做饭时，
我把刀磨了又磨
那些源源不断的斑，
可以慢下来
锈，却还在刀口涌出
母亲体内，还存着
那把用了一辈子的菜刀

生出的锈，
我剜不出的疼痛
这病让我一天一天划出标记
我剔除着那些斑的病灶

用一些死去的铁，
撑起母亲的脊梁

青冈晚市

苏历铭

我说的晚市，是第一中学围墙外的
街边小集市，自家院子里的土豆
沾着黑色的泥土，浑圆、饱满
被围着红格方巾的大嫂摊在地上
她的脸上荡漾骄傲的笑容
每一个土豆像是亲生的孩子

夕阳起伏在远处的树梢之上
隐约听见啪的一声
落入翠绿的湿地。麻雀们便飞起来
叽叽喳喳地散落于屋脊上
天空的云朵由亮转暗
大地吹起凛冽的秋风

集市上并没有吆喝声
很像八十年代的爱情
欲望深藏于内心的角落
目光移到相反的方向
一个苹果滚向一堆白菜
或者一只尖椒坠入一地萝卜

人世间的遇见和错过
大都是命中注定

学校教室里的灯一盏盏地亮了
让我想起自己的少年时代
曾幻想长大后做一个菜农
栽种各式各样的蔬菜
像外祖母那样，每到秋天
在宽大的窗台上
晾晒夏天的茄丝、豆角丝和萝卜丝
安静等待雪的落下

蜗牛

苏清风

背着自身的盔甲
沿生命的溪流爬行

我以柔软的身体，贴近一寸寸山水
抚摸人间的崎岖和荆棘

我犹豫地探触每一个遇见
瞻前顾后，而又小心翼翼

蜗壳遮挡风雨雷电，也
隔绝了阳光、甘露和花香

我的心日渐沉重于一身道具
不能保持与灵魂同步

未看清第一朵春花
已错过又一季清秋

不堪负荷的我，拼命催吐重浊
听心的喘息，渐归寂静

当所有的背负爆破

晨光，瞬间把我的心房洞穿

幸好，我的莲叶还在

我吮吸着，刚给我沏好的一壶露珠

在青草里，与你对话……

天葬

孙道真

还有什么不可以分离
还有什么不能遗弃

在这样一步步攀爬的路上
我终于只剩下白云
和一副骨架

行走在端午的山路上

孙甲仁

是否花朵一样的绚烂过
此刻只见即将枯萎的孤独
风自东面来
我该向何处去
错过了紫丁香槐香之后
初夏的草木莫名抒发着秋意
天低云暗 雨将来未来
一些鸟儿
在林子的深处歌唱或哭泣
而路旁的爬山虎
趋炎附势 竞相绿得凶猛
路漫漫其修远兮
我将左右而踟蹰
然后 古船、夕阳、汨罗江的水
便由远而近
迅猛地漫了过来

一束光

孙思

让我们心有所住
或一念三千，是源于天上
还是源于某一个人

源于天上，我们要仰望多久
它对我们的映照，是否永远

源于一个人
是不是无论我们多么沮丧
都会心有依靠

每个人都有两条路
一条是想走的路，哪怕山高水远
另一条是对的路，是必须
往前走的路

这个人于我们
是哪一条，如果是前一条
我们是不是一生一世
都无法抵达

我们整日里
给自己穿厚重的铠甲
是怕别人，还是怕自己

人生多么像走钢丝
我们只希望，能平稳走到对岸

我们不敢想，途中
是否会有一双手，扶着我们
我们总是惶恐和不安
害怕这双手，在我们不及准备时
撒手而去

就如寒冷的夜晚
一点点微温之后
是不是更加彻骨地冷

这个时候，那个人
那个名词，我们深爱多年的名词
伸手可以握住的名词
一束光一样的名词

会不会从此
成为我们此生褪不去的寒

涟漪向无边的远岸划去

孙晓杰

一位亲人黑暗的消息，
成为我和妻子
一天的话题。我们坐在湖畔
像枯瘦的芦苇被寒风
吹拂。我们说起往事，一件
又一件：
说起相识，婚礼，女儿的降生
说起，曾经拮据和分离的生活
说起死去的父母，说起
病痛，手术，伤口和每日必服之药
说起幸运：一个人活着
哀伤的往事也披拂着温暖的光芒
每一滴泪水里，都有一朵鲜花开放
渐渐地，我们说到余生
像自言自语，说出遗言——
天色随即暗淡下来
沁凉的风，终于穿过衣衫之门
与萧瑟的肌骨相拥而泣
当我们起身返回，一颗流星
坠入湖中。藉着月光

我们看见涟漪

正向无边的远岸划去

春联

谈骁

父亲裁好红纸，
折出半尺大小的格子；
毛笔和墨汁已准备好；
面粉在锅里，即将熬成糨糊……
父亲开始写春联了。
他神情专注，手腕沉稳，
这是他最光辉的时刻。
他写下的字比他更具光辉，
它们贴在堂屋、厨房、厢房的门窗，
把一个家包裹成喜悦的一团，
直到一年将尽，
红纸慢慢褪去颜色，
风雨最终撕下它们。
父亲买回新的红纸，
他要裁纸，折纸，调墨，熬制糨糊，
他要把这几副春联再写一遍。

漏风的旅馆

田螺

我们相爱
像两间漏风的旅馆
有时紧密相邻
有时中间隔着河流，山色
环状的季节
我们每天迎来不同的情绪客人，重要客人
紧急客人，日常客人，琐碎客人
我们体谅各自的忙碌状态
也欣赏彼此巧妙的安排
更爱那被磨损得破旧的地方
寂静的时候，假意修补
其实，不过是在风中写信
错别字是青色的雨，好看的字都世俗

术后

涂拥

我还能睁开眼睛，还能在
阳光中辨别出灰尘
要感谢手起刀落
有一种医术叫重见光明

麻醉的日子
闭着眼睛也能看到遍地黄金
灯红酒绿的肉体
难遇蓝天白云

清醒之后
黑暗收回了所有馈赠
当我不再麻木，认万物为亲人时
疼痛反而开始

钉子钉在钉孔中是孤独的

汤养宗

一想到天下的钉子此刻正钉在各自的
钉孔中，就悲从中来，喘不过气
一想到它们，正被自己的命夹住
在一头黑到底中
永不见天日，再无法脱身
便立即抬腿，想拔地而起，奔向天涯路
如你我的深陷，这器
偏爱图圄，甘于委身
给自己挖井，去找要打进去的部位，去活埋
去黑暗内部，接受
时光指定的刑期。一进去就黑到底

蚁如灯

田斌

一只蚂蚁,含着一叶草屑
在城市瓷砖的地面上爬行
我不知道它的家在哪里
路途有多遥远
也没看见它的同类随行
或遥相呼应
缓慢的步履
充满坚定
仿若尘世的苦难与艰辛
它视而不见,或置若罔闻
这多像一盏灯
一下子照亮了我的苦乐人生

梦里杀死一条蛇

田海君

恐惧会产生真的恐惧
就像你夜夜担心的床下
真的会盘踞一条蛇

你的恐惧还来自黑暗
即使在大白天
你盯着墙角，只要时间够久
即使阳光浓烈
也会有一团充满质量的黑暗渐渐升起
你说那里有一朵黝黑的花，花便妖艳地扭了扭身
你说似乎有阴险的脸，牛头马面便探出头来
你说有些冷呢，那暗黑的物质里便有彻骨的寒风
吹来，你牙关紧咬，颤抖不已

恐惧得太久了
你的牙齿便变得尖锐起来
目光开始冷峻
手里便无端地多出一把剑来

这一夜，你翻身下床

手起剑落
将那条直挺挺的蛇斩为两段
望着床下那个黑黑的洞口，你没有收起目光
仿佛你
从来就没有恐惧过

早晨是一个词

汪维伦

需要让一颗露珠

来鉴定它的新鲜与水灵

需要请一朵初放的花

来识别它的芬芳和红润

需要用一声鸟鸣

来分辨它的清脆和动听

需要有一阵风　或一瓣新芽

来证明它的清新和稚嫩

早晨是一个词

适合在一首诗里

明亮。或者发声

早春

汪益民

她歪歪斜斜
赴我的小镇之约
这个十世单传的美人
腰肢绵柔，步履生香
一点力气也没有，不时
要东风扶上一把

一个人在山中走

王单单

一个人在山中走
有必要投石，问路
打草，惊蛇，向着
开阔地带慢跑。一个人
站在风口上，眺望
反思，修剪内心的枝叶
看着周围：树大，招风
一个人走到路的尽头
还可以爬坡，跳埂子
相信没有过不去的坎。一个人
攀上石岩，抓住四处蔓延的
藤条，给远方打个电话
告诉她，真的有种东西
割不断，也放不下
一个人爬到最高的山上
难免心生悲凉，这里
除了冷，就只剩下荒芜
一个人在山中走，一直走
就会走进黄昏，走进
黑夜笼罩下的寂静

秋收逢雨

王德兴

秋雨穿成串、排起队
蓄谋已久
大哥难得坐下，望着天喃喃自语
"来得正是时候，种麦子不用浇地了"

同他一起坐下的，还有
刚从田间收回的棉花和玉米
她们或端坐在炕上
或蹲守在厅堂的中央
——因为诚实与早熟，成为家庭成员
与主人平起平坐
商议生活

玉米

王昌卫

玉米黄了
像在告诉我什么秘密
父亲把玉米一遍遍翻晒、晾干
磨成面粉交给母亲
母亲又将烙成的煎饼交给我们

我想我也是玉米
当父母把我晒去水分
粮仓一样交给我的妻子
就像交出一生的金子

现在一看到庄稼地
我就想停下来，就想展开双臂
想像一株玉米
挂满故乡慈悲的露水

悟物

王长军

早晨那物四条腿
一张木桌向火边爬
桌上一个空碗空空如也
中午那物两条腿
神用一双筷子
夹一朵碗中的火焰，咀嚼起来
灶膛里立刻响起毕剥的燃烧声
晚上神累了，就用三条腿走路
那物已仅剩一缕青烟
那物属木，必将蹈火
木头的不幸，便是不知自己是木头
木头无法照彻黑暗的时间
星辰之光，误导了木头
神靠着一棵树
怜悯那物，竟落下两颗泪来
一颗是松子，一颗是橡子
神长叹一声，决计
用他依靠的那棵树
再造一些新桌子

旅游记

王桂芹

夹杂在他们中间
打冷眼，就能分辨出来，她的衣着，举止，腔调，
　年轮

她是白领家的保姆，
这次破例跟着员工，游山玩水
坐船，逛小岛，吃海鲜，看篝火，洗海澡

这些惬意的生活
她不敢奢想，想是一种罪过，
儿子羽翼未丰
他们仍在出租屋里挣扎

看着他们不断地换装，拍照，喝扎啤，放肆地调侃
她像一个另类，只能尾随别人身后，捡一块鹅卵石
仿佛拾起另一个自己

一杯茶

王国良

一壶沸水
等待时光慢慢返青

泡开的有鸟鸣、禅意
月光，还有鲜嫩的指纹

浅斟慢饮的不再是一把
揉了又揉的民谣
炒了又炒的故事

还有山坡上蜡染的花头巾
指尖上的芭蕾
背篓里越堆越厚的春风

上山是人，下山是仙
茶马古道还在
前朝的蹄印还在

少走一步是历史
多走一步是传说

谁也走不出一杯茶
端来的好日子

孤独

王海珍

他为自己的生日聚会筹备了很久
准备了九十九份请柬
贴了九十九张邮票
并准备了九十九份晚餐

他把房间布置成
聚会应该有的模样
放好蛋糕
数好很长很长的蜡烛
保证客人到来之前不会熄灭

然后
他戴上帽子
慢吞吞地走出房间
去湖边
看夜晚盛开的荷花

野草

王海云

那棵野草，长在高大的玉米中间
像一个人，藏在荒山野岭
雨来时，它小心地躲在玉米叶下
抱紧自己
风来时，它悄悄伏下纤弱的身子
生怕弄出声响

它对那个种田的老伯一直心存感激
虽然它不知道，是不是老伯锄草时忘掉了它
还是特意留下了它
每次老伯到田里干活，
它都默默祈祷
让老天爷保佑他长命百岁，
年年丰收

现在，它只想能静静地捱到秋天
和秋风一起，伏倒在大地上
过完自己谨慎又渺小的一生

刀

王红军

·

一截金属
经历一场浴火
便可寒光照人

一旦被握在手中
意识便是那最坚硬和锋利的
部分
举起与落下的空间里
无所不能

时间也是一把刀
只不过
它一边杀伐一边疗伤
我们竟全然不觉

锄头

王宏军

它立于墙角多年
仿佛在等一个人
它面部锈迹斑斑
可那被汗水浸润的
锄把
光亮还在

我知道
它曾是父亲手中
握紧的笔
一生在黑色的土地
重复着绿色辛劳丰收

而我手中的笔
写了这么多年
竟没除掉一棵杂草
打出一粒粮食

在你的房间里

王家新

在你的房间里，无论你的墙上挂的
是一匹马，还是大师们的照片，
甚或是一幅圣彼得堡的速描，
都会成为你的自画像。

而在你散步的街道上，无论你看到的
是什么树，也无论你遇到的
是什么人，你都是他们中的一个……
你已没有什么理由骄傲。

奶奶，小花园

王景云

其实，奶奶就是一座小花园
她的呼吸，她的心跳
以植物的礼仪，见证我的裙摆，
飘来荡去
香气唤醒我的恍惚
多想拥有一双复眼，装下四季的亮彩

妈妈说：你要知道
玫瑰带刺，虞美人有毒
娇弱的含羞草也不可小觑

所有的鲜活，听从时间的安排
护花锄，挡不住日起日落
妈妈和我，都行走在花间

多么像走进她的身体里
她的离去是对人间的
——宠爱

经过一片槐树林

王文军

槐花不管不顾地开着
乡愁一样荡漾在枝头
除此之外，林间的事物
仿佛就只有眼前这条小路
弯了又弯，不知延伸到哪儿
隐约地有人在走动
惊飞了三五声鸟鸣

一块断碑立在去年的杂草间
青苔绣绿了碑文
没敢多看，害怕那上面
刻的是自己的名字

四周寂静，风吹花香
我向前走着
比时间快些，比思想慢些
眼前忽然一亮，林外的日光
瀑布般倾泻，让一切现出原形
这时候的我
最像我

最好的

王庆峰

采集了时间里最好的
露水、阳光和空气
喂养一束花。还有风
穿过屋顶和秘密
穿过万物的心
使她凋零时的片刻
没有凝重的悲伤
即便以后她
成为摇摇欲坠的橘子
她的人生依然端正
没有一滴水洒出金灿灿的
皮肤外。而折磨她多时的
思想，四面透风。只是她
粗粝的面庞内，依然留有慈悲

默默与一株小草对话

王小林

夏秋的早晨
我爱带二十个月的小孙子出去溜溜
我们要途经一株低矮的小草
默默总要一阵滴滴嘟嘟
眨着像露珠一样清澈的眼睛
好奇地看着世界
在小孙子的眼里
他惊诧草为什么总是那么翠绿
狐疑草为什么从不走动
他似乎又知道了这株草在不断变化
知道了她的世界和昨天已决然不相同
默默，你蹲下身的样子
让我看到你与小草一样卑微
以及和它一同成长的节律

一块布的背叛

王小妮

我没有想到
把玻璃擦净以后
全世界立刻渗透进来。
最后的遮挡跟着水走了
连树叶也为今后的窥视
文浓了眉线。

我完全没有想到
只是两个小时和一块布
劳动，忽然也能犯下大错。

什么东西都精通背叛。
这最古老的手艺
轻易地通过了一块柔软的脏布。
现在我被困在它的暴露之中。

别人最大的自由
是看的自由
在这个复杂又明媚的春天
立体主义者走下画布。

每一个人都获得了剖开障碍的神力
我的日子正被一层层看穿。

躲在家的最深处
却袒露在四壁以外的人
我只是裸露无遗的物体。
一张横竖交错的桃木椅子
我藏在木条之内
心思走动。
世上应该突然大降尘土
我宁愿退回到
那桃木的种子之核。

只有人才要隐秘
除了人现在我什么都想冒充。

路过老人院

王学芯

路过老人院侧门
夕阳落入一道裂缝 从中
所有的那一天 仿佛夹住了头颅

或简单地说 一个适应问题
最后几年的某月某日 无风的时刻
这里 能够上楼梯 忘却模糊的躯体

看见的墙 浮起纸一样的白
在变化中如同一张租金单子
包含使用的房间 床和漫游的思维

台阶高高升起 云在
三层楼的窗子里飞行 前廊上的椅子
在沉入天空似的瞌睡

——星宿的一粒冰雪
正在为衰落的喉咙 嘴里的心脏
融入松之又松的牙槽

而注视的一只眼睛
越过黄昏 进入歇息之夜
似乎拖长了脚的纤细踪影

那里 整理好了一切
任何一天一样的傍晚 薄薄的窗帘
可以遮掩此刻的灯光

午后

王银霞

七月，被雨水泡过的田野
等待收割的菜籽，已经在菜荚中
探出嫩绿色的脑袋
我该怎么描述这个晴朗的午后啊
一只蝴蝶飞入花蕊，
像飞入斑斓的瞳孔
另一只飞进一丛植物秘不示人的部分

此刻

我们不提韶华易逝
不提望穿秋水
不提各自的心里为谁忍着疼
不提，都不提

要提就提
云怎样抱成一团
蝴蝶如何翻山跨水
门后的旧柴木上
何时长出蘑菇

就提
你我越老越多的疾病

嘘！小声点

王跃强

嘘！小声点
花瓶中的十姊妹花，有八朵
已经安然入睡
七叶树，九里香，千日红，万年青
在窗外，将黑暗认成了
褪色的惋惜
未入眠的十姊妹花中，有一朵
在遮藏嫩蕊
有一朵虽然没有雪色的前胸
但仍在蒂上
挽留粉红的风声
不一会儿，爱情安静了
梦熟成苹果
嘘！小声点，别让手指再说话
不然，当心十姊妹花
用藤把你死死缠紧，
还有尖刺相赠
让你的前额沁血
恰似夜露密布的悬崖峭壁

空镜子

王志彦

迁徙途中
天空与灵魂的擦痕
并不会成为一只鸟
最后的纪念

此时
大海无聊
誊写着天空的蔚蓝

我走在
桃花离殇的季节
爱着那些
空荡荡的事物

眼睛挂上她发梢

吴红绫

一条路分东分西
你伫立原点
目送她远离
椰子树下
站成雕像，静静地
一场暮春的雨飘来

纷纷扬扬
雨蝴蝶扑落她的长发上
盈盈地缀着
欲坠未坠
你把眼睛挂在她的发梢
一路晃荡晃荡

世界忽地安静下来
你的忧伤她的忧伤
如风透亮
悄悄地吹满一条窄巷

月光

吴素贞

月亮泊在水面上
湖水是待产鱼儿的月光
一条船靠岸，马头灯是打渔人
梦中的月光

今夜仍有无家可归的人
他在桥下埋下什么，起身
又挖出什么
桥孔是他撕开的半块月光

蚂蚁不舍昼夜
永远在搬运，和赶在搬运的路上
一条蚯蚓原地翻滚
扭曲，唯无法张口呐喊
这无声的对抗，一只萤火虫
是它最后的月光

——今夜，仍有渺小的生
抬着巨大的死

向晚过杉林遇吹箫人

吴少东

酢浆草的花，连片开了
我才发现中年的徒劳。
众鸟飞鸣，从一个枝头
到另一个枝头。每棵树
都停落过相同的鸟声

曾无数次快步穿过这片丛林
回避草木的命名与春天的艳俗。
老去的时光里，我不愿结识更多人
也渐渐疏离一些外表光鲜的故人。
独自在林中走，不理遛狗的人
也不理以背撞树的人和对着河流
大喊的人。常侧身让道，让过
表情端肃，或志得意满的短暂影子
让过迎面或背后走来的赶路者。
我让过我自己

直到昨天，在一片杉林中
我遇见枯坐如桩的吹箫人。
驻足与他攀谈，我说

流泉，山涧，空蒙的湖面。
他笑，又笑，他一动不动，
像伐去枝干的树桩。忧伤
生出高高的新叶

转身后，想了想，这些年
我背负的诗句与切口——
六孔的，八孔的，像一管箫
竹的习性还在

花朵开出春天的酒窝

吴燕青

石墙缝隙长出一株草
开了紫色小花
碧翠的叶子
把春色托举
不那么高
也不那么低
这常见的一幕
毫无疑问地
也是春天的一种
也是人间被严寒覆盖后的挣扎
也是大地对人间献出的诚挚
也是活在暗处的生命
放光的一瞬间
也是万物生长法则
不可绕过的一部分
细小紫色的花朵
多么小多么紫
它用尽所有力气
开出花朵的样子
是大地在春天笑出的
酒窝

枯木

吴乙一

木枯后，不够还债。
春天的，秋天的……他欠下那么多
还清了雨水，又拿什么还给风
如果还给去年的花开，
那么今年的叶落呢
除了留下独自用力的倒影
（这虚幻的美，曾欺瞒过多少人啊）
枯木缄默无语。他唯一渴望偿还的
是落在身上的鸟鸣
但他看见自己的腐朽正加速
掩埋这一切，包括鸟的鸣唱，和喘息

原路返回

伍国雄

终点站到了
我该怎么回去？
起点站又在哪里
我经常带着这样的疑问出门
带着这样的疑问回家

我最笨拙的办法
就是记住出行的路线
然后原路返回

这多像一片枯叶啊
不偏不倚，正好落在树的根部
就像我十八岁那年
从伍家坪出发，每年都要回去
瞅瞅有没有风水好的墓地

大海入门

午言

出发前我已明白，我将看到海。
于是飞机的舷窗外接垂线，
海在下边，我们在巨型风筝的舱里。

明净的气流归于无形，
云阻隔不了我，距离不再是阻滞。
在琼州海峡，我看到了蓝墨水。

它们透明地起飞、漂浮，又落下，
并在大地上长成一名画家，
而我多想前去，握住那点睛的一笔。

接近轻盈的事物不是没有，
比如俯瞰这深蓝的幻觉；比如此刻，
脚下洋流尚远，构成无的虚空。

但当我落地，我会准时掏出
旋转它的钥匙，然后——为其所获。

霜降

西左

我不写秋水，没有骨头
不能站起来行走
不写大山，鸟鸣之后
幽寂清澈如镜
不写掉光叶片挺拔的树
一部分伸向天空的冰雪
一部分伸向地心的火
不写云，空白无物，像人的命运
不写天空的神陆续熄灭
星星白头为霜
我写，人世无限辽阔
风中的草籽落地皆为肋骨

咀嚼

席玉强

咀嚼炊烟袅袅

尝到十亩禾田的阵列

慢动作，咀嚼雷鸣，

口腔里辽阔的回声

如孤注一掷

吞咽雨雪

胃有大地蠕动

如巨人，做地球的母亲

咀嚼风，迷迭香幻影微醺

短笛走漏了风声，绿意可期

山雨阵阵，羊群咀嚼着水滴

世间圆润之物，大抵相同

溪水留声，咀嚼着山林，

形容黄昏的音色

正从远方赶来……

麦田上的阳光

鲜圣

颗粒饱满，麦子在争先恐后发言
灌浆的籽粒，藏着太阳的香气
满眼，都是风声在流淌
满耳，都是麦子在说话

麦子说过的沐浴
是一束光洗礼了另一束
是一团火，包围了另一团
蝴蝶在麦地周围飞舞
它的翅膀被点燃
停在一束麦穗上
像一朵花，开在一只鸟的眼里

麦子呼喊着太阳
阳光下，我听见
田野里响起麦粒睁眼的声音

蝴蝶的翅膀在慢慢收拢
越来越清晰的远山下面
就藏着这样一块麦地

干净、辽阔，麦芒上耀眼的光芒
在风中盘旋、上升，诱惑着无数
麻雀的眼神

雨后

肖春香

四月的人间跟草木一样
有花开后难掩的跃跃欲试
每一根绒毛都染上一层太阳的黄
昨夜的那场雨，似乎没有下过

有人在路上随手攀折花枝
有人在医院等待报告单
谁都不知风雨过后
折的，是自己的哪片花瓣

我蹲下身
捧起那些泥土上的枯叶和断枝
像捧起，昨夜颤抖的自己

游园惊梦

小海

"上帝会跟着鱼群而来吗"
黑暗中我走向阳台
一场雨又一场雨
水帘如飞瀑直下

今晨我坐在园林里
和友人一起喝茶
光明的紫藤架上的花正艳

池塘里
簇拥镜头下的
红锦鲤
全都变回了小鱼苗
大洪水过去
供职于此的老园丁说
"我们不知道咋夜发生的一切"

夜乘渡轮

小书

我爱上了深夜乘渡轮的游戏
甚至爱上了那种恐惧
在高出海面几十米的铁围栏后面
我意识到我是这个深夜的被选之人
夜晚的海风一定让我的面目
更接近真实的内心
在激荡的白色海浪里
有我脸颊上剥落的粉饰太平的釉层

原谅我不能再温柔一些
恐惧已使我坚硬如这艘深夜的渡轮
吞吐中粗糙地造就了不停下来的理由
这一程的终极意义就是分解无聊
如今更不重要了
我已被怜悯
回忆被再度唤起并隐藏在日常之下
回忆再度简化了这无聊的日常

犹豫

晓岸

去嘉荫的路上，几次
想拐下省道，窜进灌木掩映的沙砾路。
阒静的上午的光线
把我引向回忆。多么简单的刺激
胜过厚厚的地方志。
过多的雨水使路面显得陈旧。
我犹豫着，不是内心的抗争
是我看见了陌生的
行人，踏上摇摇欲坠的木桥。
再一次给我证明了
时间的虚火，是如此寒冷
拢不住夏日的归途。

三天过完十六岁

晓角

我看过荒草
于是我是冬天
我路过村庄
所以我只能成为飞鸟
三天，一天寄给母亲
做成布
去让她擦洗自己走失多年的白发
一天送给父亲
烧成夕阳
让这个老农提前一时辰走完六条沟的山路
最后一天
……
这最后一天
我请来草原、荒山、野花、骏马
和锡林河
她在酒杯中倒下，目击几只麻雀飞走
并与猎人无关
我是路上的长生天
一步出生
一步死亡
一步彷徨

今夜无眠

心语

天多白，这个夜
黑暗不黑了吗?

黑的边缘，有闪电
点亮了星男星女

今夜雷声眍着眼
我在背后细听月鸣

今夜无眠
我画着一个明亮的梦

镜头

心竹

我把口红涂到深红
看那满目疮痍的小鸽子

画框里的蓝
越瞄越远

自由，落了下来
落在黄昏清冷的肩头

远方
沉默着地平线

遗物

辛夷

他已尽一切努力
把祖父的遗物
清除干净
并为祖母搬家
有一次
她还是忍不住
哭出声来
"你越来越像他了……"

我没有离开故乡

邢海珍

只是兜了几个小圈子
或者是
在原地打转
春天向北来，我听种子在暗中发芽
母亲的一声叹息，
穿过墓地
如今已成我心中的风雨

儿行千里，故乡不断扩大
脚步踩着一片晴空
春天向北来，我等待着
掀开清明的表情与母亲相见

白鹭

项建新

好几次回乡
我都在村口溪流中
在裸露的岩石上
见到一只白色的大鸟
见的次数多了
后来我知道了
它叫白鹭

其实 我在
离开老家很远的地方
见过大群大群的白鹭
它们鸣叫 它们飞翔
喧闹的场景
给我留下深刻印象
以至于
我不敢把村口溪边见到的
那只孤单的白色大鸟
确认为白鹭

这只白鹭

想必是从喧闹都市而来
它一定是循着故乡的气息
飞过千山万水回到这条溪流的
我看到
它对着水面映照自己的身姿
我确信 它的那种孤独
只有故乡
才能真正理解它

父亲

熊焱

你第一次做父亲的时候才二十二岁
而我二十二岁的时候还单身，正暗恋着一个
　　安静的美人

我当上父亲的时候已经三十四岁
而你三十四岁的时候，正养育着四个孩子

我在成长中，曾一次次地与你争执
一次次地，把你当成了毕生的假想敌
直至今日，我都还欠你一个道歉

这些年我翻遍了育儿经，努力地
学着做一个好父亲。这时我才读懂了
有一本书，唯有时间才能翻阅

我的孩子第一次喊我时，我记得
那世界融化的情景
我相信，我第一次喊你的时候
世界的朽木正在逢春

今年春节我们推杯换盏，大口大口地饮
恍若朋友，恍若兄弟
醉了，就要醉了
可我们之间汹涌的爱，却从未提及

你头上已霜雪尽染，我鬓边正华发渐生
岁月的刻刀一寸寸地深入的这个词，叫父亲
中间系着漫长的血缘和生命

今天是父亲节，我和我的孩子相互表达了爱意
我给你打电话，你已关机
我知道终会有那一天，我喊你时你不再回应
正如终有那一天，我的孩子喊我时我也不再回应
我们成为父亲，全都用尽了生死

领取一片阳光

徐玉娟

一只蝴蝶
被放出了黑匣子
它扇动着白色的翅膀
飞向了寂静的窗台
它似乎在向世界
领取

属于自己的一片阳光

我不是
那只蝴蝶
我在离窗台不远的地方
领取了另一片阳光

对一把农具的研究

许仲

我没有放弃这个形式
拿起它，放下，看着它歪倒
破损。内心凄惶过
这个祭奠仪式应该从父亲开始
他丢下的农具，并没打算交给我
他没来得及
面对它隐藏的黑暗
过去的穷日子已经被过掉
我感动，农具是我的慰藉者
它开裂，有了大部分的空隙
我抚摸多次，不忍松手
记得我追赶过它，在老牛身后
一望无际的农田
当时正春花烂漫
接受我沉重地奔跑

读茨维塔耶娃

颜梅玖

她拿出了自己亲手编织的绳套。她看了一眼乌
　　云下的叶拉布加镇
"我可以动用祖国给我的唯一权利"。她想

她把脖子伸进了绳套。卡马河依然平静地流淌
而俄罗斯整个儿滑进了她的阴影里

乡村一日

姚辉

从雨滴开始
一个人想起石头内部的祖先
什么时候 祖先可以
变成一种火焰？他们在
雨滴覆盖的石头上 凿刻
村落泛绿的往昔

正午的河从油菜地边流过
蚂蚁为河取过一个
长方形的名字 蚱蜢为河
取过另外一个名字

有时 河是草本的沉默
谁在河的皱纹上辨认命运与痛？
一条放弃了桥与渡口的河
让多少人 将祝福
反复忘却——

黄昏与李花一起
忽略着自己的花瓣

风中的花 比三月的梦境
更为漫长 村落之神
用花香涂抹有些疼痛的脸

而夜只凭一种月色活着
巨树忆起谁多年前的凝望？
有人 从星光之侧
取下被风拭亮的
种种誓言

牛之问

燕南飞

像极了一个疲惫的男人，
对于泥土的眷恋
它有好多梦
在绳索上，在田埂上
相继阵亡

每一个蹄印都是伏笔
娓娓交代庄稼的骨殖相继隐去锋芒。
北风落网。吼一声
这旷野又平添了几分苍凉
"我拖着一根田垄，那是
对泥土的牵挂和敬畏"
目睹无数种子相爱，
它们的孩子被民谣养大

只有一条绳索为我引路
只有它能听懂我的呼喊和呻吟
只有它
这么有耐心检阅我的一生。
嗨，我把简历都写在长垄上了

写在大路上了
想我
便可去一粒一粒蹄窝中寻我

曾经啜饮一条河流
并掌握它的汛期，
如同掌握自己血管中的潮声暗涌
每一寸肌肤都是大地的骨肉。
以命夯实小村的节气
我能否偷出更多灯盏
替窗子里的失眠人求救

有谁知道
我已爱上人间，这个巨大的陷阱。
将声声低吼穿在小村的鼻梁上
牵着熟睡的鼾声
去寻找一片更大的牧场

在高原与牧羊人对话

雁南飞

在高原上 视野
无法对接沟壑

高低泄露着
饥渴泄露着
温度泄露着
语言泄露着

你的微笑和皱纹泄露着
我的目光和问询泄露着

对于沟壑 我们
都以各自的爱和胸怀来注解

一个蚂蚱高高惊起
一只地鼠匆匆离去
一群绵羊静静凝望
一点嫩绿浅浅钻出

绥化

杨川庆

黑土之上，一个吉祥的地名
是的，吉祥而朴素，朴素而亲切
还有话语，犹如黑土，一点都不空洞
还有生活，更靠近植物，离汽车的喇叭
一步之遥
身边的人，他们的笑容，让我想起葵花
好看，籽粒的芳香在召唤，让人爱不释手
二人转的唱腔浸入骨髓，如此自然
剪纸的梦想低微，像成熟的粮食
粮食，真实而炫目，铺满原野
她们气息独特，喂养平凡的胃口
故乡在胃里，这种感觉仿佛天赐
是的，天赐黑土，天赐黑土之上的绥化

四月诗

杨玲

祖父死后
每一个清明，我都会
买好纸，到他坟前坐坐
和他闲谈一些不关春风
不关桃花的故事
每当说完，天准会落满雨

每一个清明，我都会
爬上他的坟墓
砍除装满光阴的杂草
再放几圈鞭炮，为他
驱赶周围的孤独

今年清明，为他铲除
杂草，当我收工
回头注视他坟墓的时候
正有两棵草，从他
坟头蹦出
多像这五年来，我们
异地相隔的思念

我在一颗石榴里看见了我的祖国

杨克

我在一颗石榴里看见我的祖国

硕大而饱满的天地之果

它怀抱着亲密无间的子民

裸露的肌肤护着水晶的心

亿万儿女手牵着手

在枝头上酸酸甜甜微笑

多汁的秋天啊是临盆的孕妇

我想记住十月的每一扇窗户

我抚摸石榴内部微黄色的果膜

就是在抚摸我新鲜的祖国

我看见相邻的一个个省份

向阳的东部靠着背阴的西部

我看见头戴花冠的高原女儿

每一个的脸蛋儿都红扑扑

穿石榴裙的姐妹啊亭亭玉立

石榴花的嘴唇凝红欲滴

我还看见石榴的一道裂口

那些风餐露宿的兄弟

我至亲至爱的好兄弟啊
他们土黄色的坚硬背脊
忍受着龟裂土地的艰辛
每一根青筋都代表他们的苦
我发现他们的手掌非常耐看
我发现手掌的沟壑是无声的叫喊

痛楚喊醒了大片的叶子
它们沿着春风的诱惑疯长
主干以及许多枝干
接受了感召
枝干又分蘖纵横交错的枝条
枝条上神采飞扬的花团锦簇
那雨水泼不灭它们的火焰
一朵一朵呀既重又轻
花蕾的风铃摇醒了黎明

太阳这头金毛雄狮还没有老
它已跳上树枝开始了舞蹈
我伫立在辉煌的梦想里
凝视每一棵朝向天空的石榴树
如同一个公民谦卑地弯腰
掏出一颗拳拳的心
丰韵的身子挂着满树的微笑

低处的神

杨孟军

没有什么能惊动它们
秋天的羊群，安静地穿过坡地、原野
和河滩。苇草停止倾斜或摇摆
蚱蜢忙着吮吸青草根部残余的汁液
云朵散开，暮色聚拢
晚归的脚步，惊起振翅的声响
灰鼠在夕光中扒拉着新鲜的泥土
松树在疤痕里滴下黏稠的呓语

田野上还有，父亲在收割时
有意或无意遗落的稻穗
我确信，在我居住的人间
有许多细小的物事，谦卑地俯身于

大地的茂盛或荒芜里，替代了神的存在
这些低处的神，正随落日一同
张开慈悲的身影
缓缓盖过，
鸟雀长久居留的村庄

耳鸣

杨晓婷

这一生听过很多不同的声音
有些声音，听着听着就哑了
仿佛被路过的一场雪淹没
有些声音，落在耳朵里
会生根发芽，会成为你一生
难以治愈的耳鸣

拟古意　如梦令

杨勇

风潜进深夜，又滑出来。对面的高楼，
抖着它的黑布料。有人点灯。
一块黄斑，在小窗上。
像梦里做了一个梦。
月亮爬出来。
在幽蓝的电脑屏幕，洗脸。
又爬上脚手架。
水泥打夯机，橙色安全帽。
工期留在子宫里。建设睡着了。
秋风，静静地长大。蓑草，蟋蟀，
伶仃的口琴开始奏鸣。

在黄昏失约的人

月窗

信上说，有雨约黄昏
而琳达一直在哭，似乎她已抵达自己的
痛苦，爱她所爱
像曾经在餐桌上相互交换的食物一样
她们交换了贫瘠和忏悔
她不明白为什么，还要心存感激为什么
所有的生活都充满欲望和忍耐
但在这悲伤中，不断地经历和诱惑
而爱像小船，在
如水的月光中抛锚。是什么
带领她到此，像一只受伤的动物
而那房门紧闭
长久地沉默，任雨滴答滴答敲打窗台
这转瞬即逝的美妙之物
再也回不到最初来到的地方

今生

衣米一

我需要一间房子
来证明我是有家可归的。
我需要一个丈夫
来证明我并不孤独。

我需要受孕、分娩、养孩子
来证明我的性别没有被篡改。
我需要一些证件
红皮的、绿皮的和没有封皮的
来证明我是合法的。

我需要一些日子
来证明我是在世者，而不是离世者。
我需要一些痛苦，让我睡去后
能够再次醒过来。

我需要着。我不能确定，我爱这一切
我能确定的是
我爱的远远少于我需要的
就比如

在房子、丈夫、孩子、证件、日子和痛苦中
我能确定爱的，仅仅是孩子。

还有一种爱，
在需要之外远远地亮着
只有我知道，它的存在
我并不说出
爱被捂住了嘴巴
爱最后窒息在爱里。

月牙泉

易新辉

所有尘世的悲伤都哭成了沙漠，
唯有这一只，
永恒的一只，
月牙泉——
澄澈，透明，安详，宁静
仿佛我失去已久的第三只眼睛。

螳螂

余榛

月光没有铺满山坡
但给我错觉
一个人站在黑暗之中
似已被空气吞食
世界无穷大
我无穷小
前面是黑灯瞎火的老房子
在祖父之前已住过
两代我没面世的先人
我从外乡回来
看见母亲从灶台上抓螳螂
喂了香油放回草地
嘴里叨念,先人已逝别再回来
从此我对螳螂
特别敬畏

风

叶德庆

风是带着很多树叶
花草来的
住上一年，又走了
带着日月
住上一天一夜，走了
有时候，风就是来看看
在小巷子里转悠
在一张桌上把茶吹凉

我看到风的样子
一棵树，一座山，一片海
我在镜子里看见风的样子
鱼尾纹，白发，胡须
我放下镜子
风又跑到别人的眼睛里去了

城南的月光

叶庆松

很久没有眺望了
夜空，星火，石头，橄榄枝
暮色里远山的脊梁
灰色的枯木，想家的草
他们的脸孔那么安详

暮色里，我不指手画脚
只做沉默不语的羊
月光继续在城南升起
我想，它一定会替我擦亮
城北的天空，辽阔柔软的胸膛

一个音符过去了

叶延滨

一个音符过去了
那个旋律还在飞扬，那首歌
还在我们的头上传唱

一滴水就这么挥发了
在浪花飞溅之后，浪花走了
那个大海却依旧辽阔

一根松叶像针一样掉了
落在森林的地衣上，而树林迎着风
还是吟咏着松涛的雄浑

一只雁翎从空中飘落了
秋天仍旧在人字的雁阵中，秋天仍旧
让霜花追赶着雁群南下

一盏灯被风吹灭了
吹灭灯的村庄在风中，风中传来
村庄渐低渐远的狗吠声

一颗流星划过了夜空
头上的星空还那么璀璨，仿佛从来如此
永远没有星子走失的故事

一根白发悄然离去了
一只手拂过额头，还在搜索
刚刚写下的这行诗句——

啊，一个人死了，而我们想着他的死
他活在我们想他的日子
日子说：他在前面等你……

废弃的钥匙

于成大

这些悬挂在腰间的金属
玲珑、精致、叮铃作响
像整齐的歌唱

但它们当中
有的已经落后了不止一步——
早已望不见锁的身影
沦为一段无用的铁

像一个滥竽充数者
像稻穗中混进的一棵稗草
被混淆 以期蒙混过关
但它们被无情地
遗忘或拒绝了
"咔嚓"声响 已成前世的
绝唱

但我必须把它揪出来
清除它们对锁的骚扰和
非分之想

影子

余述斌

一生是个接地气的人

你面向阳光，我便在你身后
再快，也不拖累
你背向光阴，我便在你前面
再慢，也会拉着你前行

而你看不到我时
正是人生风雨交加，我已站起身来
与你合二为一

大地是架古老的留声机

余述平

大地是架古老的留声机，在沉默。
在往流水和竹林里
清唱和回眸。

不是她太老，也不在不朽的
途中。她只是不满尘土
封盖了她声音的跑道。
她把大川变成了暗流。在往另一种
歌唱里，日夜兼程。

她需要一颗钻石抚慰，或让
虚怀若谷的竹子，
滴出水声。她需要一个深望者
猛烈的颤抖。

她其实还是一个姑娘，
需要你用倾听
来掀开她的盖头。

停云——拟陶渊明而作

育邦

青春的河流穿越碎石山谷
菊花芬芳，梧桐寂静

被废黜的星辰，面壁
领悟迷雾中的卷耳

写满生活教义的信笺
砌筑鼹鼠的洞穴

火苗，琴弦与涩果
在风信子的国度里腐烂

孩子们踮起脚尖
凝望星空，蓬蒿正在天上舞蹈

十月

袁东瑛

此时，我听到远处的短歌
却没有看见赤足的女孩
无边的田野
滨藜散发垂死前的温馨

一定是你的尘世
经历并完整的过程
看着一把刀，逼近成熟
除了骨头与灵魂
一切都可以枯萎
也可以原谅

我试着，与十月
一样的饱满
一样的金黄
也一样的危险

独坐白云岩

袁志军

独坐白云岩
看天上白云，随风舒卷
舒时是菩萨，卷时似刍狗

独坐白云岩，看群山打坐
我想做个牧云人

母亲的碗

岳秀红

三个子女小时
母亲的碗
总是最后盛饭
其实是锅底的稀汤寡水
半碗小半碗
哄一下肚子而已

子女成年了
母亲的碗
一直装
剩饭剩菜
她说：一点不能浪费
米菜油盐都金贵

离开去另一个世界了
母亲的碗
就是葬她的坟
她的碗反扣着
碗底上是泥土花草
和雨水阳光

墨菊

张保真

绿衫红裙，爆炸式的花序
一盆墨菊被端出店门
隔着一条街、熙熙攘攘的人流和车流
香樟树下，贵妃躺椅上
正晒着从稀疏枝叶间
漏下来的午后暖烘烘的阳光

和你不同，你是误以为
而我明明知道不是
但还是把她当成了美人

月色几分

张常美

天黑后，我们也不点灯
轻言细语，一只萤火虫就可以用上很多年

蛐蛐的叫声抬起青石台阶赶路
一座房子怎么老的？

青瓦里长出咳嗽的蛇
一点一点，舔亮了山墙上的月牙

奶奶从故事里拉出一个旧蒲团
比月亮大一圈。现在想来
也还有几分月色笼在上面……
村夜不喜雨

小路在大雨里浮着
深深浅浅，灯火
如一根疲倦的缰绳
拴住几处矮屋

那些散养的牛啊，羊啊

安静，肃穆……
磁铁般吸附住潮湿的鼓声

远处，夜枭孤鸣
一声一声凿着碑

走丢的螺丝

张笃德

走丢的螺丝
披一身疲惫的红锈
仅存的力气
紧紧咬住了牙齿

从紧固的岗位上下来
被用力一抛或轻轻一踢
再也找不到回家的路

这一次走得太远了
背井离乡
在南方以南 北方以北
被随意拧在什么上
任狠心的扳手勒裂身体

或者在城郊的泥土里
被鸡鸣犬吠所浸淫
只有当笨手笨脚的农事
碰响了筋骨
这才想起自己固有的属性

更多的是在街巷和集市上

被扫帚推过来 扫过去

像暴雨来临前的蚂蚁

惶惑中疲于奔命

守字如玉

张二棍

我就是那个寄居在汉字里的蠹鱼
我的窗外，时而朔风低沉，号角高鸣
时而有出塞的女子，拖着长长的裙裾
我的窗外，时而有人摔杯，有人饮鸩
有人向另一个人，献宝，割地。另一个人
却不领情，却还在伸手。我躲在每一个
汉字的裂缝里，听着，看着，咀嚼着
我吃完宋，吃唐，吃完汉，吃秦
我吃下的字，一些是石头，一些是血
我吃过"火药"，就炸毁了"宫殿"
我咽下"祸水"，就嚼碎了"红颜"
我成了一只悲哀的蠹鱼，为了活着
我吃来吃去。有一些字，比如"仁义"
比如"道德"，我一直都在忍着，不吃
这些汉字过于美好，我怕，我满嘴
都是它们的时候，却咀嚼出
另一种酸馊的
味道

青冈大豆

张洪波

白露已过
在青冈通肯河畔
大豆收起旗帜
如士兵列队归营

它们身体充实
面容泛成熟微红
风掠过
留一地清脆铃声

我俯下身来
被它们气息迷住
所有夏天都成为过程
季节已挺直腰板
等待秋分

渔火把夜色吹白

张慧谋

一朵渔火是一只鸟。白色鸟
它悄悄啄破夜的外壳，
透出光
白白的一簇光

渔火用小小的嘴
吹开海的睫毛
海看见了什么？
渔夫的网像梦一般地撒开

一朵渔火是不能飞翔的
它太小，只有轻轻吹一口气的力量
但它把夜色吹白了。很白很白，哪怕是一小块
也能让漆黑的夜有了想象的空间

我在想，那么深厚的夜
故乡的草蜢曲在墙根下盹睡
而渔火，一朵小小的渔火
是怎样把夜色吹白的呢？

春色

张君

赶在大片的花开之前
以绿的形式盛开
再盛开
院子里的柳树
一夜变绿
枝头下垂
倒着生长
向下的方向
就是向上的方向

梦

张瑞林

柴仓里的柴还够烧
锅里的水已煮沸
碗筷还在等着我们
钱还在米缸里压着
爷爷奶奶又仿佛回到
那个山中灯火闪烁的小屋
可是我们再也回不去了
我们摸黑找到了灯盏
可是怎么也划不亮那根
湿了的火柴

五月

张静波

春雨过后
草渐渐返青
孩子们在树下播种童年
丁香花与星辰
互耀着蓝色的夜晚
细雨湿润鸟儿的喉咙
夜晚的星子粲然开放
花园里的昆虫渐渐安歇
树影幽深而婆娑
月光擦亮洋铁皮的屋顶

夜行

张奕

面对流光
夜的梦幻闪烁其词
请小声说话
蛰伏的草虫在酣睡
别惊醒它们的春梦

放慢脚步
听听河水的呢喃
还有水草摇曳深秋的挽歌

岸上灯火斑斓
每一扇窗都亮着等待
亮着卸下面具的真实

时光淹没蹄声
倚窗的人换了姿势
秋水之湄的叹息已成化石

那些旧色的尘埃
被匆忙打磨成机械的钟摆

夜风吹散无所适从的脚步
庞大的寂静悄悄降临

举重若轻

张永波

我常怀恻隐之心，向天空咨询
晴雨表。从不妄议灵魂
多年了，它一直跟随在我左右
使我在轻薄和放肆时
心中总是存放着一丝忌惮

我手握残花。胸怀里
那片绿茵已是葱茏
山野的花，年复一年
开了又落，而市井的花
却终年不落

雨来了，把岁月沧桑的表层淋湿
也滋润着春天萌动的内核
只有旷野的蛙鸣，是骄傲的
带着自以为是的宣言和使命
像水滴扑落在石头上的声音
扑嗒，扑嗒……
一阵高过一阵

我的时光已被慈悲占领
被占领的，还有冥顽不化的头颅
天底下。有蔚蓝，有白云
有一匹骏马在心灵的草原上
纵意驰骋
它远逝的身影
举重若轻

高原上的野花

张执浩

我愿意为任何人生养如此众多的小美女
我愿意将我的祖国搬迁到
这里，在这里，我愿意
做一个永不愤世嫉俗的人
像那条来历不明的小溪
我愿意终日涕泪横流，以此表达
我真的愿意
做一个披头散发的老父亲

残缺的圆满

赵俊

艺术真的能打开窄门么？
为那些被声音屏蔽的人，
它好像经常施予魔法。
如果说她向绘画乞讨无声的美，
何以在诗的乐感中他仍跳着踢踏舞？

他们彼此凝望，
并不是因为爱情。
像这样的凝望发生了多次，
可每一次都含着玛瑙，
这不死的抗争，
曾引领着锋芒的人生。

可如果失恋，
他们仍将沉默如蚍蜉么？
当她变成被爱情榨干的果渣，
他仍啜饮着爱情甜蜜的果汁。
可这并不能阻止拥抱，
它将拼贴出安慰的镇痛剂。

它将深切的含义作为药引，
变成一条随时断流的季节河，
乘着还有力量和水源，
流淌进下一次的相遇。
那必将灌满残缺的地区，
为了一次短暂的圆满，
它充盈着寻找同类所有的激素。

大家都看手机我偷偷看诗

赵金钟

车厢里的头均匀地摆动
每一颗下面都栽种着闪耀的手机
只有我把自己屏蔽
装在脆薄的玻璃墙里

这里没有声色犬马，没有鸟鸣
我如呆滞的小鱼，
被安置在文字的泥海里
满脑子的墨水把周遭涂得漆黑
我读阳光，读黑夜
读大海，读戈壁
灵魂被一次次打劫
时间被敲得支离破碎

在奔向远方的列车里
大家都在看手机
只有我在偷偷看诗
他们捡拾着浅笑
我咀嚼惊雷

习惯

赵小北

隔三差五，我就去
解放路上的，东北饺子馆儿
无非是在，酸菜饺子，酸菜包子
酸菜炖粉条间，来回折腾

在南方的城市里
我一直克制自己——太甜

卡伦山村

赵亚东

在卡伦山村，雪是从一个老人的眼睛里飞出来的
他一生都在散步，用耳朵辨别风向
他的脚步从不慌乱
他的脚步延长了村庄的寿命

废弃的船只泊在林间的空地上
没有人能说出它曾经被多少绳索倾听
在卡伦山村，一个孩子推动一座年迈的山峦

推动我，穿过墓葬中辽阔的江水
和发黄的经卷，游牧人早已放下沉重的行李

在卡伦山村，记忆也是遗忘
我喜欢这里 清脆的冷
陌生人滚烫的眼泪，而那个迟暮的老人
还在亿万年的村庄里
为我送来一场新鲜的大雪

在博物馆看到蝴蝶标本

赵亚锋

一只斑斓的蝴蝶
殒命于一朵妖艳的花前
舞蹈被一枚冰冷的大头针
钉住
却依然用飞翔的姿态
呈现美

她爱过的那朵花
早已零落成泥，唯有花香
贮藏在体内
生前见过的春天
不忍心带走，便刻上双翅
在冬天绽放

寂静的展厅里
死亡被参观，她的嘴
张了张——她想为自己
解说

山里的路

震杳

山里的路，迂回曲折，走了很久
仍走不出去
仿佛当初修路的人，并不想让谁离开
修路是他的工作，必须得干
离别是让他难过的事
最好一拖再拖
山里的路，走了半日，一回头仍能
望见低处的村落，依稀可辨
屋瓦间，传来鸡犬声
他知道大树底下，也有人
正望着他，那目光也不是直来直去的
目光追着他的脚印，一步步曲折赶来
从草尖跳上他的肩头
山里的路慢呀，一支歌唱完
仍未转过大山的腰。但不妨再慢一些
把路盘成衷肠，出了山
路变得又直又平，转眼人就失去了踪迹

沦陷

郑成雨

漏洞百出的夜晚
每一滴雨都有很重的心事
那些被雨声敲响的词语
像受了惊吓的兽，
在体内奔跑
安宁的黑，和一生的欢愉
都被一个人的反侧压疼
时间在逃亡的路上
听见胡须在唇上拔节的声音
它生长的速度
和黑暗溃败的速度同样惊人
宁愿所有的光明都不要，
宁愿雨
一直下到地老天荒
但黑暗还是
一点一点地失守了，
从头顶的天花板开始
沦陷的城头插满了白旗

打草的人

郑安江

打草的人每迈一步，
草原就在他的脚底
浅显一点

青草倒伏，留下的草根
还是青的

他的手上，绕满紫苜蓿的清香
眼里辉映着天空浩瀚的蓝与草野浩瀚的绿
羊群是多么温暖而洁净的词
花朵一样散乱地分布

他弯下腰去，野花就纷纷
向上仰起脸蛋

他迈出一步，
心就跟着草原
辽阔一点

我在太行山想念一匹马

周占林

太行巍峨却高不过我的忧伤
总有可可西里的风
不经意间穿过我的身体
藏羚羊双目圆睁
因为
它再也不相信一朵雪莲的诉说

我从没有像今天一样
想念那匹枣红色的马儿
无视狂风暴雪
无视春暖花开
它只相信奋蹄疾行
才是自己的路

在太行，刀劈般的悬崖
如倒挂的思念
更如一剂毒药，罂粟花般盛开
吞下去，海阔天空
一切皆成定缘
哪怕有一刻钟的凝望

也会看到，那匹回眸轻嘶的马儿
纳木错般清澈的双眼
此时，就连太行山的松树
也会摇响漫山的感叹

雾

周启平

路消失了，好像人世短了一截
好像我再也找不到这条路
远处的高楼躲藏得并不好
信息委婉、隐约，但没有了断
我走下去的执念
偶尔的鸟鸣，也穿破阻拦
一声声地叫出，它们的委屈
我陷入白茫茫的未知
而众生分割成一小块，
一小块的孤独像彼此的绳索，
或自己的盾牌
一场大雾，是一生一个很小的劫数
并不会把我迷失得太久
路还会把路，还给我
包括风雨、雾，到达目的之前的波折

沉默的砖头

周庆荣

会有这么一天的。

一块一块的砖头，在建筑的下面，它们来决定一切。

苔迹，不只是岁月的陈旧。

蚂蚁，或别的虫豸，访问着这些沉默的砖，它们或
许爬出一个高度，它们没有意识到墙也是高度。

有一天，这些砖头会决定建筑的形状。

富丽堂皇的宫殿或不起眼的茅舍，这些砖头说了算。

上层建筑是怎样的重量？

沉默的砖头，寂寞地负重。它们是一根又一根坚硬
的骨头。

它们就是不说话，更不说过头的话。

它们踏踏实实地过着日子，一块砖挨着另一块砖，
它们不抒情，它们讲逻辑。

风撞着墙，砖无言。风声吹久了，便像是历史的声音。

人群中总有一个好看的

周瑟瑟

人群中总有一个好看的
她因为长着一张鹿脸
一眼就认出了她
人群中还有另一个好看的
他的风衣领竖着
他的身形轮廓与人群区别开来
在时代的人群中
总会冒出与时代格格不入的人
大部分人神态自若
而他们略显紧张
生动的面孔
保留了动物的特征
警觉、羞愧、自尊
这样的人
如星星之火忽闪忽闪
又像特务一样出现在人群中
长统彩色条纹袜
与白色球鞋搭配
她转头，哦她转过头
在人群中寻找
另一个好看的人

扶起

周彦虎

路边的麦苗
不知被谁踩倒了
父亲蹲下身子
一苗苗扶起
用黄土簇拥起来

扶起来的麦苗
摇动着手臂

父亲扶起的树苗、麦苗、洋芋苗
一生不知有多少
一见到坐在泥土上嚎啕大哭的人
他也像对待倒下的粮食一样
又劝又骂，直至扶起来

父亲说，谁没有倒下的时刻
太阳不也是每天被山挽扶起来

草根情，春之梦

朱翠荣

枯不死蝶叶斑斓的春梦
展开幻想的翅膀，用灵魂翱翔
不是扑棱的蛾子
而是燃烧在野火中飞升的火凤凰
灰烬里生机，雪芽在石缝含笑
冬天按不住绿意盎然

世世代代爱在大地
有最长的情，
最初的心不变到老陪你，
穿过寂野荒凉
莫嫌我苔花如米小
埋头践行，铺展辽阔的画卷
跨越沟壑，
向上攀岩于瀑布之巅
能挂碧与松竹一样晒锦绣

把父亲唤醒

子空

我以为，眼泪是水
坟头上的草就绿了

然后轻轻拔起
老母亲说，这样
你的父亲
就能听见你说的话了

父亲啊
你起来，我躺下

窗外，雨还在下

紫紫

那些弯曲枝条是紫藤的，那些落了一地的叶子是香
　樟的。
梳妆台上的桃木梳子是妈妈留下来的，
少了两个齿儿，缺口处泛着暗红的光泽。
上面粘着的一根头发是我的，有些灰白。
这是父亲的遗传，妈妈到老都没一根白发，这让我
　嫉妒。

石头

宗仁发

水在远方的某一个转弯处
回忆起春天的情景
一粒石子在马蹄下
偶然滚进刚破冰的河中

水鸟的翅膀使涟漪迅速收敛
阳光给水面更多的温暖
恋人开始了打水漂的游戏
河床的两岸交换着石片

暴虐的水也曾卷起泥沙
将你们掩埋
一些正在蓬勃中的生命
回到了生命的源头

图书在版编目（CIP）数据

《猛犸象诗刊》选粹 / 宋心海主编 . -- 上海 : 上
海文艺出版社 , 2022
ISBN 978-7-5321-8320-3
Ⅰ . ①猛… Ⅱ . ①宋… Ⅲ . ①诗集 – 中国 – 当代
Ⅳ . ① I227
中国版本图书馆 CIP 数据核字 (2022) 第 043659 号

发 行 人：毕 胜
策 划：李伟长
责任编辑：李 霞
封面设计：仙境设计
特约编辑：王美元

书 名：《猛犸象诗刊》选粹
作 者：宋心海 主编
出 版：上海世纪出版集团 上海文艺出版社
地 址：上海市闵行区号景路159弄A座2楼 201101
发 行：上海文艺出版社发行中心
上海市闵行区号景路159弄A座2楼206室 201101 www.ewen.co
印 刷：三河市兴国印务有限公司
开 本：880×1230 1/32
印 张：12
字 数：99千字
印 次：2022年5月第1版 2022年5月第1次印刷
I S B N：978-7-5321-8320-3/I • 6569
定 价：79.00 元

告 读 者：如发现本书有质量问题请与印刷厂质量科联系 T:15100673332